TRÊS DÚVIDAS

LEONARDO BRASILIENSE

Três dúvidas

Novelas

COMPANHIA DAS LETRAS

Copyright © 2010 by Leonardo Brasiliense

Grafia atualizada segundo o Acordo Ortográfico da Língua Portuguesa de 1990, que entrou em vigor no Brasil em 2009.

Capa
Rita da Costa Aguiar

Imagem de capa
© Leopoldo Plentz

Edição
Heloisa Jahn

Preparação
Maria Cecília Caropreso

Revisão
Carmen S. da Costa
Angela das Neves

Dados Internacionais de Catalogação na Publicação (CIP)
(Câmara Brasileira do Livro, SP, Brasil)

Brasiliense, Leonardo
Três dúvidas : novelas / Leonardo Brasiliense— São Paulo :
Companhia das Letras, 2010.

ISBN 978-85-359-1629-4

1. Ficção brasileira I. Título.

10-01979   CDD-869.93

Índice para catálogo sistemático:
1. Ficção : Literatura brasileira   869.93

[2010]
Todos os direitos desta edição reservados à
EDITORA SCHWARCZ LTDA.
Rua Bandeira Paulista 702 cj. 32
04532-002 — São Paulo — SP
Telefone (11) 3707 3500
Fax (11) 3707 3501
www.companhiadasletras.com.br

Sumário

UM DIA EM COMUM, 7

A GRANDE VENTURA DE PAULO SÉRGIO CONTADA POR ELE MESMO TRÊS DIAS ANTES DE MORRER, 63

O VISITANTE, 119

UM DIA EM COMUM

*Parece que o anjo não é
absolutamente incorpóreo.*

São Tomás de Aquino

Manhã

Aos cinquenta e nove anos, José Francisco vive numa casa de dois quartos, sala, cozinha, um banheiro dentro e outro fora, na área de serviço. No quintal, dois limoeiros e um antigo poço. Em parte gramado, o quintal é onde ele se sente criança, porque na casa dos pais também havia um poço, entretanto havia mais árvores, mais sombra, mais futuro.

Aposentou-se faz um ano. Era corretor de seguros, agora é um aposentado, simplesmente, não um "corretor de seguros aposentado". Tem a impressão de que a aposentadoria joga a todos nessa última vala, sem importar o que faziam antes, uma vala rasa e aberta a toda mesmice: Fulano era funcionário, agora é aposentado; Beltrano era mecânico, agora é aposentado; o dentista, aposentado; o cozinheiro, aposentado.

Com seu pai foi diferente. Naquele tempo criavam-se galinhas no quintal, tinha-se uma horta. O pai, aposentado, tinha esses compromissos. E morando na cidade pequena, encontrava os antigos colegas na praça, comentavam as notícias, perguntavam-se pelas famílias, quando viriam os netos. Os netos, seu pai tinha dois, presentes do filho mais velho. Ele os esperava nos feriadões. Tinha o que fazer, tinha sempre o que esperar.

Mas José Francisco não tem filhos, e na cidade grande os colegas não se conhecem enquanto trabalham, aposentados é que não têm por que se ver. Esses dias, leu no obituário o nome de um deles. Podia ser um homônimo. Na cidade grande há muitos homônimos, nunca se sabe se uma pessoa é ela mesma.

Sábado passado, depois do almoço, estirado na cadeira de balanço do quintal, ele pensou em procurar algum de seus homônimos. No encontro, os dois se apertariam as mãos, diriam "Prazer, José Francisco da Silva", e teriam a sensação de se conhecerem há muito tempo. Quando acordou, no meio da tarde, não pensava mais nisso.

Abriu os olhos e viu a mulher. Carmem regava as plantas. Ela não o viu, estava de costas. Mesmo de frente, não o veria: conhece-o por completo, são vinte e cinco anos de casamento. Por conhecê-lo tanto assim, tanto quanto ele próprio, já não lhe presta atenção.

José Francisco ficou olhando para a mulher até ela se virar. Fingiu que acordava:

— Que hora é?

— Três e meia.

Voltou a dormir, forçando. Não tinha mais sono.

Agora, oito da manhã de quarta-feira, José Francisco está de novo no quintal. Carmem foi trabalhar. Hoje ele almoçará na casa do irmão, que está de aniversário, almoço de família. No fim de semana o irmão vai com a mulher para o litoral, vai encontrar os filhos e os netos. A "família" no almoço de hoje, porque os pais morreram há anos, são apenas eles dois. Desde que os pais se foram, o irmão, mais velho, tenta mantê-los unidos, telefona-lhe semanalmente. Ele está no quintal às oito horas da manhã. O quintal, embora menos verde que o de sua infância e com um poço que não serve para nada, é o único lugar da casa que o faz recordar algo bom, onde havia mais sombra, quando havia mais futuro. Aproxima-se do poço. Abre-o arrastando a tampa, um peso. Olha o fundo e percebe o quanto é inútil o que acaba de fazer. O poço é seco. Arrasta a tampa de volta pensando que precisa dar um futuro a sua vida, qualquer um, e sem demora.

Um ônibus para o Centro, outro para o bairro chique onde é o consultório do homeopata. Carmem tem quarenta e seis anos, aparência de trinta e seis, ânimo de oitenta, ao menos a esta hora da manhã. No primeiro ônibus, um rapaz impertinente a olhava de cima a baixo. Ela vinha em pé, com o nojo de agarrar na barra fria e suja, com o medo diário de lhe roubarem a bolsa, e tendo que se ver sob aquele olhar.

— Mas ele era bonito? — pergunta-lhe a outra secretária.

Carmem não responde.

O médico chega assobiando, diz "Bom dia, meninas" e vai à sua sala. Como sempre, interfona para saber a que horas é o primeiro paciente. O consultório só tem duas salas: a de espera, onde ficam as secretárias, e a do próprio médico, ambas pequenas, dá para se ouvir através das paredes. A colega de Carmem larga o interfone fora do gancho, abre a porta do médico e diz que o primeiro paciente é só de tarde. Volta com a expressão de quem vai fazer uma fofoca, é o seu jeito de começar qualquer assunto:

— Esqueci de te dizer. Ontem, depois que você saiu, veio um cara te procurar. Deixou este cartão.

Carmem lê o nome e arregala os olhos.

— É um ex-namorado? — a colega exulta.

— Um amigo.

Mentira. É Tarcísio, o ex-namorado.

A última vez que se encontraram foi há quase vinte anos, numa loja de roupas de bebê. Tarcísio não escondia o mal-estar. Perguntou o que ela fazia. Carmem não o olhava de frente:

— Trabalho num consultório.

Pausa. Dois ou três segundos pareceram milênios.

— Eu me casei — ela disse.

— Eu também casei.

Isso já sabiam, tinham amigos em comum. Mas não sabiam nada sobre filhos. Tampouco se perguntaram. Estavam comprando roupas de bebê, olhavam um para as mãos do outro.

Terminaram o namoro por razões pouco esclarecidas. Não houvera um fato, mas um acúmulo de pequenas coisas, uma confusão entre orgulho e amor-próprio. Carmem passou anos se perguntando se não deviam ter conversado mais.

— Foi um prazer te encontrar.

"Prazer" soou estranho.

— A gente se vê.

— É. A gente se vê.

Ficaram esperando, nenhum virava as costas para sair. Talvez devessem ter conversado mais, frivolidades. Ela poderia perguntar se a mãe dele estava bem do reumatismo. Poderiam falar do tempo, do trânsito. Ficaram um olhando a roupinha de bebê nas mãos do outro.

São nove da manhã de uma quarta-feira igual a todas: Carmem chega ao consultório, abre as janelas, cumprimenta a colega sempre atrasada, vê o médico chegar assobiando, "Bom dia, meninas", ouve da colega uma fofoca irrelevante, atende telefonemas, ouve mais fofocas, atende telefonemas...

São nove da manhã e ela joga no lixo o cartão com o telefone do ex-namorado. Às nove e meia, quando a colega sair para comprar cigarro, Carmem vai resgatar o cartão e guardá-lo na bolsa.

Para quem fica em casa, a manhã é longa. Sentado na cadeira de balanço, José Francisco insiste em olhar o poço vazio, espera alguma coisa dele. Mas um poço vazio não serve para nada, nem para tirar a sede, nem para refletir as imagens.

Tivesse um amigo de verdade, um compadre, como era antigamente, José Francisco o procuraria para se aconselhar. Nestes tempos de pressa, no entanto, aconselhar-se com alguém parece uma cena num museu de cera: os dois ali, José Francisco e o compadre, na volta de um fogão à lenha, tomando café em canecas esmaltadas, um cabisbaixo, o outro cuidando o fogo...

— Não sei o que fazer, compadre. Não sei o que eu quero.

— Mais café? — o compadre pergunta, ele que o faz ainda com chaleira e filtro de pano.

A veneziana da cozinha está fechada. A luz que passa nas frestas soma-se à do fogo remexido pelo dono da casa. Claridade suficiente para eles, sentados em mochos de madeira sem verniz.

A comadre vem do quarto, passa cheirosa e bem-vestida e se despede. Vai para o trabalho, na cidade. O compadre murmura sem tirar os olhos do fogo:

— Que exagero.

José Francisco entende que ele fala da mulher, que se arruma toda e se perfuma todo dia para pegar um ônibus sujo e fedido. Em fim de semana, quando raramente o casal vai passear, ela não se enfeita a metade.

— Pra que isso? — o compadre balança a cabeça.

José Francisco não sabe o que dizer. Veio até aqui para falar de seus problemas e não para ouvir o compadre se lamuriando. Não sabe como desviar o assunto para si próprio sem que pareça egoísmo.

— Mulher é assim... — ele tenta.

O compadre lhe crava os olhos:

— Assim como, Zé?

Entra na cozinha o filho mais velho do compadre. Cata uma pera no cesto sobre a mesa, cumprimenta-os e vai saindo:

— Volto só de noite.

— Vá com Deus, meu filho.

O rapaz fecha a porta. José Francisco suspira, salvo pela interrupção. Muda de assunto antes que o compadre lembre o que perguntara:

— Menino de ouro, dando satisfação com essa idade.

— Acorda, Zé. Ele estava nos gozando. Normalmente não me cumprimenta. Acho que nem me vê aqui sentado.

José Francisco pigarreia:

— Essa juventude, hoje em dia, eles são todos assim.

— Assim como, Zé?

Apertado de novo. Se o compadre não o chamasse de Zé, seria mais fácil. Ninguém mais o chama de Zé, desde criança, nem seu irmão. Se o compadre o chamasse de José Francisco, faria de conta que estava com um cliente, encarnaria o vendedor e diria o que o outro quer ouvir. É sempre o mais fácil, dizer o que os outros querem ouvir. Mas atendendo por Zé ele se desarma, se desnuda, é ele mesmo e tem que encarar.

— Pra falar a verdade, eu não entendo. Não tenho filhos, você sabe. E na minha época tudo era diferente.

— Você morreu, por acaso?

José Francisco não compreende. Antes que pergunte o que ele quis dizer, entra na cozinha o segundo filho do compadre. Esse o respeita, não debocha: vai direto à porta, largando-a atrás de si para bater num estrondo.

— Vá com Deus, meu filho.

José Francisco não aguenta mais. Veio reclamar da vida que tem, veio pedir conselho. Em vez disso, testemunha o quanto seu compadre é distante da mulher e dos filhos, o quanto se desespera e como parece desistir. José Francisco preocupa-se com o amigo, até se ofende em seu lugar...

Por que o compadre perguntou se ele tinha morrido?

— Vou embora.

— É cedo, Zé.

— Não. É tarde.

— O que te sobra, José Francisco?

O compadre finalmente o chamou de José Francisco. Mas agora ele não tem como vestir-se de corretor e dizer que o cliente está comprando segurança, que pode dormir tranquilo. Agora, ao "que te sobra", não há resposta.

Então passa o terceiro filho do compadre. Passa o quarto filho do compadre. Passa o quinto...

— Alô, Carmem?

Ela se paralisa. Pensa em desligar. "Não, desligar vai ser escandaloso, coisa de mulher histérica."

— Carmem, é você?

— Como sabe?

Ele ri:

— Bina. Lembra que isso existe?

Ela também ri, nervosa. Demora a falar:

— Você veio aqui ontem?

"Idiota. Se ele não tivesse vindo, eu não teria o telefone. Diz alguma coisa com mais sentido, Carmem, algo digno de uma senhora de quarenta e seis anos, chega de parecer adolescente..."

— Como você me achou? — é o que escapa.

"Menos, Carmem... menos", ela bate o punho na testa.

Tarcísio ri outra vez:

— Carmem, quero te ver pessoalmente.

— Não vai dar, tenho compromisso.

"Outra idiotice. Ele ainda não falou em dia e hora. Como é que eu sei que vou ter compromisso? Te controla, Carmem, te controla. Pensa antes de falar."

Não se perdera desse jeito nem quando o conheceu. Tinha a coragem dos dezessete anos, a curiosidade, uma paixão sem destinatário. Passava uma tarde nublada e mormacenta na casa da melhor amiga, outra apaixonada. Mas a amiga tinha por quem: o primo do interior que vinha estudar e se hospedaria com eles provisoriamente. Chegaria naquela tarde, o pai da amiga fora buscá-lo na rodoviária. A menina estava nervosa, incontida, pediu a Carmem que ficasse lá depois da aula. Carmem foi de boa-fé, por amizade. E quando o rapaz entrou na casa, ainda descabelado pela viagem, suado e frágil, ela sentiu, com um peso no peito, que sua melhor amizade acabava ali.

Três meses e Tarcísio já dividia um apartamento com dois colegas da engenharia. No quarto dele, Carmem deixou de ser virgem às onze horas de uma manhã de outono. Ainda nus, tapa-ram-se com um cobertor leve e dormiram até as quatro da tarde. Acordaram com fome e descendo as escadas Carmem disse que foi sua primeira vez. Mas nos anos 1970 isso tinha pouca impor-tância, Tarcísio não comentou nada. Durante o almoço, um cachorro-quente devorado em pé, decidiram contar à prima de um e amiga da outra, cupido involuntário, traído.

— Carmem, não inventa desculpas. Preciso te ver. Preciso falar contigo.

Estamos noutra manhã de outono. Carmem não tem mais dezessete anos. Não decide coisas importantes comendo cachorro-quente em pé. Às vezes até gosta de lembrar o passado. Mas lembrar não é reviver. Sente que há muito perigo nisso.

— Carmem... — Tarcísio insiste.

— Minha colega voltou. Tenho que desligar — e ela desliga sem se despedir.

"Muito passional, Carmem. Passional demais pra quem não se vê há tantos anos."

Dali a vinte minutos, quando a colega realmente chega, Carmem ainda não se recompôs. Ainda treme, diz para si mesma que não há por que estar assim. A colega dá um passo para dentro e estaca. Deita-lhe um olhar mediúnico e vai direto ao cesto do lixo, onde não acha o papel com o telefone do "amigo misterioso".

— Eu sabia!

— Não amola.

— Aqui ninguém me tira pra burra, dona Carmem.

— Eu não sou da tua laia!

A colega, também uma quarentona, é solteira e vive transando com todo menino a que tem acesso: filhos das amigas, das vizinhas, enfim. Se Carmem tivesse um filho na faixa dos quinze aos dezenove, ele não escaparia.

— Eu pelo menos sei o que tenho no meio das pernas.

— Puta — Carmem diz como quem vai atacar a outra, comer-lhe os olhos.

E "puta", repete mentalmente, lembrando a melhor amiga de sua adolescência, e como naquela tarde ela exultara com a chegada do primo.

O clarão fere os olhos, apesar das pálpebras fechadas. Ainda na cadeira de balanço no quintal, José Francisco não dorme. A claridade em dias nublados pode ser mais agressiva que a do sol. José Francisco tem sono mas não dorme. Dá a face para o céu e fica naquele torpor pastoso, difícil de sair.

"E se eu assaltasse um banco?"

Embora seja uma divagação, naturalmente nebulosa, ele percebe logo a dificuldade: bancos são bem vigiados. E José Francisco não é um criminoso, não entende nada de violência.

Por reflexo, abana um mosquito que o rodeia.

"O mercadinho da esquina, então."

Agora é mais possível. Quer dizer, qualquer violência é sempre possível. O mercadinho da esquina é mais factível, isso sim. Sem guardas, quase nenhum cliente, um merceeiro velho e barrigudo atrás do balcão...

— Eu disse pra ele me olhar bem na cara. Bem na cara — o merceeiro, no caixa, conversa com uma senhora de cabelos brancos, uma vovó.

— Eu não entendo mais nada.

O merceeiro suspende a boca entreaberta e o troco na mão:

— Ninguém mais entende, vizinha.

— É que eu sou velha.

— Mas ele era um rapazote. Devia ter o quê, uns dezesseis, dezessete anos. Eu falei para ele me olhar bem na cara. Me olhou. E a senhora acha que ele entendeu alguma coisa?

José Francisco entra no mercadinho desviando o rosto para não cumprimentá-los. Vai à prateleira do leite, quase se esconde. Fica olhando para os dois no caixa.

— Pois a senhora tinha que ver, a coisa mais triste: não passava nada por aqueles olhos. Nada. Era um morto.

— E o senhor deu o dinheiro?

— Aí é que está, vizinha. Eu dei o dinheiro. Pois também, ia fazer o quê? Eu dei... — Pausa e olha para os lados. Fala mais baixo: — Mas não todo.

José Francisco não se detém no que eles falam. Ouve-os perfeitamente, mas não se interessa. Olha apenas para a velhice dos dois, suas caras inocentes.

Um negro entra no mercadinho. Baixo e atarracado, um bujão de gás, ele usa um boné xadrez, vermelho e branco. Vem na direção de José Francisco e o saúda como se fossem amigos íntimos. Antes de retribuir ou perguntar de onde se conhecem, José Francisco olha para os velhos no caixa. Teme que a chegada do outro chame a atenção do merceeiro para si. O negro insiste no cumprimento, chama-o de Zé.

— Não se lembra de mim, Zé? — diz com um vinco de decepção nos lábios.

José Francisco olha de novo para os velhos no caixa.

— Eu puxei da registradora as notas de dez e alcancei ao rapazote — continua o merceeiro para a vovozinha. — E ele não perguntou se tinha mais. Pegou o que dei e saiu correndo.

— Tinha tomado maconha — conclui a velha.

O merceeiro se estufa com ares de entendido:

— Que nada. Isso eu conheço. Vejo pela cor dos olhos e também pela ponta do nariz. Asseguro à senhora que estava lúcido.

— Mas então por que ele não perguntou se não tinha mais?

O merceeiro olha para todos os lados como quem vai contar um segredo e se aproxima:

— Porque não é pelo valor, entende?

Nas prateleiras, José Francisco e o negro de boné trocam um olhar constrangido. O negro parece pedir desculpas por cobrar uma lembrança. José Francisco sente vergonha pelo esquecimento, mas, acima disso, não quer que o reconheçam, não quer testemunhas. É um sentimento impreciso que nada tem a ver com medo de punição. O problema é exatamente e apenas este: ser reconhecido. Nem lhe passa pela cabeça que o negro talvez o esteja confundindo com outra pessoa, outro Zé, que há muitos, e muitos se parecem: grisalho, meio careca, óculos. Ele é um Zé comum, o negro pode estar falando de outro. Isso José Francisco não percebe. Sente é que não tem coragem de fazer o que veio fazer e assumir que foi ele quem fez, José Francisco da Silva. Ele e mais ninguém. Não um Zé qualquer, só um Zé com sobrenome e endereço entra num mercadinho...

— Eu já disse que estou velha e não entendo mais nada — a senhora balança a cabeça. — Se não foi pelo dinheiro...

— Foi por um sentido. Quando um jovem desses não tem esperança nenhuma na vida, ele rouba dos que têm.

O negro de boné xadrez vai embora sem comprar nada. Sai resmungando. O merceeiro e a velha não entendem. José Francisco fixa a imagem deles no caixa como num quadro a óleo.

Carmem tem uma irmã. Ela mora num bairro próximo ao do consultório e vive sozinha. É professora do ensino médio, dá aulas à tarde e tem relações cordiais com o casal de vizinhos, um pastor evangélico e sua esposa pudica. Para eles, diz que se mantém solteira por opção.

Às vezes, Carmem almoça lá. Hoje apareceu às dez e meia da manhã, surpreendendo-a quase no final de um filme pornográfico do Leste europeu.

— Você podia ter ligado antes.

Carmem se atordoa. Não lembrou de telefonar, saiu do consultório sem ao menos avisar o médico. Por instinto, esperava que a irmã a recebesse com um abraço. Mas a irmã não sabe o que está acontecendo e, além disso, detesta ser interrompida quando assiste a filmes.

Carmem joga-se em seus braços e chora, sem arroubos. É um choro baixinho e cansado.

Cinco minutos e estão as duas na sala, Carmem jogada no sofá de dois lugares, a irmã na poltrona em frente. Ela não costuma abrir as cortinas, no apartamento é sempre uma certa penumbra, agora mais escuro porque o céu está nublado, quase noite.

O filme pornográfico ainda rodando.

— Deixa ver se eu entendi. O Tarcísio te ligou e disse que precisa falar contigo. Mas ele não fez nenhum convite comprometedor, só disse que precisa conversar.

Carmem confirma com um suspiro.

— Você não acha que está exagerando? Ele só te pediu pra conversar. Que mal tem?

— Mas ele disse que precisa conversar. *Precisa*, entende? É muito forte. Precisa por quê?

A irmã se recosta na poltrona, relaxada e sorrindo:

— Está aí, Carminha, você é sempre assim. Implicando com as minúcias. Pelo amor de Deus, menina, é só um verbo!

Os olhos de Carmem refletem as imagens que passam na TV, ou pelo menos as cores de pele e os movimentos.

— É que eu não sei — ela diz, enfraquecida. — Não sei se *eu* preciso. Você não vê? Até ontem, eu não precisava. Nem pensava. Tarcísio era passado, morto. E agora eu não sei se preciso falar com ele ou não.

Até ontem sua vida era tranquila. Tediosa, mas tranquila. De um lado, um emprego chato como qualquer outro, que pouco a incomodava. De outro, um casamento sem brigas, sem preocupações. José Francisco era um homem bem resolvido, quase um Buda. E lhe era transparente, ela o conhecia até do avesso. Agora que estava aposentado, voltava-se para a família, hoje mesmo iria almoçar com o irmão. Talvez faltasse um filho, apenas isso.

Então aparece esse homem, e tudo o que ela tinha até ontem de repente vira passado, quando o passado até aqui era ele, Tarcísio. Era um pedaço da história de outra Carmem, uma Carmem já esquecida. Sua irmã não entende. Não se trata só de um convite para conversar. Carmem está perdendo tudo o que tem, está perdendo sua vida.

No vídeo, o homem e a mulher enfiam sacos plásticos na cabeça. Estão prestes a gozar, vão ficando roxos.

Carmem decide. Não atenderá a mais nenhum telefonema.

Meio-dia

Ele passou as últimas horas sentado no quintal, ora cochilando, ora olhando o poço. Sente que passou a manhã toda olhando o poço. Tem a impressão de que passou a vida inteira olhando. Pior, sente que ainda passará o resto de seus dias assim, diante daquela construção vazia, inútil. Apesar da secura, e talvez por ela mesma, o poço é sólido, imperioso e, devido à escuridão, não se sabe até onde vai, o quão profundo. José Francisco sabe é que não tem água. Dele sai um ar úmido de poço seco. Um ar frio que penetra no corpo de quem o respira. Penetra até a raiz do medo, lá onde o que se teme é desconhecido, teme-se o que vier. É um medo que José Francisco não tinha quando criança, um medo que criança nenhuma tem. Criança, quando chega à boca de um poço desses, grita para ouvir o eco. José Francisco já não pode fazer essa brincadeira, teme o que possa ouvir.

Ele bate à porta do irmão. Abraça-o, dá os parabéns, deseja muitos anos de vida, o irmão agradece. José Francisco não o ouve, continua em frente ao poço, o que ouve é o eco do poço. O irmão desculpa-se pela ausência da esposa, ela está na rua a providenciar a viagem do fim de semana. José Francisco imita um sorriso, a cunhada ausente não faz diferença: ele continua olhando o poço e de certa forma todos estão ausentes.

O apartamento é grande. Espaço demais para o irmão e a cunhada, é o que José Francisco sempre pensa quando chega ali. Não enxerga o lugar da mesma forma que o irmão, que o vê agitado pela correria dos netos, embora eles hoje raramente venham, são pré-adolescentes. O irmão vê também os filhos, por todas as peças, agitando as perninhas enquanto lhes trocam as fraldas, brincando, estudando, telefonando para as namoradas. Vê a alegria no rosto da mulher quando entraram ali pela primeira vez, quando colocaram a primeira cortina. Vê todas as ceias de Natal, cada festa de ano-novo. O apartamento, se perguntarem ao dono, é pequeno. Mas José Francisco não pergunta, nunca perguntou, só vê espaço demais.

O irmão pede ajuda para terminar o almoço. José Francisco não diz que sim nem que não, apenas o segue até a cozinha, recebe um saca-rolhas e uma garrafa de vinho branco.

— Saúde — ele diz num automatismo evidente.

— A nós — o irmão complementa.

O vinho é bom, mas José Francisco não sente o gosto.

— Estão preparando uma surpresa pra mim, na praia — conta o aniversariante enquanto arruma a mesa. — Ninguém me disse, mas eu percebo. Eles se telefonam todo dia, isso não é normal.

José Francisco toma o vinho de olho no irmão. Aparentemente, presta-lhe toda a atenção do mundo, a ponto de nem falar. Aparentemente.

— Um café? — o irmão convida após a sobremesa.

José Francisco não responde. Não ouviu, assim como não o ouviu no almoço todo contando as façanhas dos netos. Que a menina começou a fazer balé ano passado e agora está viajando com a companhia de dança. Que o garoto inventou um jogo de computador desses da internet e já está ganhando dinheiro, "treze anos e ganhando dinheiro, o que você acha?". Não ouviu o irmão contando que o filho mais novo trouxe a namorada para passar um fim de semana, que essa parece mais madura que as outras, que já falam em se casar. Não ouviu o irmão contando o resultado do exame da esposa, eram apenas nódulos no seio, nada grave. Que ele mesmo fez seus exames e está tudo bem, colesterol, açúcar, pressão... a próstata, "o médico disse que eu me cuidando chego aos cem anos".

Nada disso José Francisco ouviu. Só olhava para os cabelos grisalhos do irmão, muito mais brancos que os seus. O irmão, aliás, é menos careca.

— Tem certeza que não quer um cafezinho?

O irmão é três anos mais velho e ainda não se aposentou. Nem fala nisso. Chegou a criticá-lo quando ele parou de trabalhar.

— E a Carmem, como vai? A gente está aqui há mais de hora e você ainda não me falou dela.

O irmão se importa com José Francisco, parece sempre compreender seus motivos, mesmo que discorde. É apenas três anos mais velho, mas se comporta como pai.

— Você quase não falou nada hoje. Aconteceu alguma coisa?

José Francisco toma o último gole de café, larga a xícara na mesa, apanha o guardanapo e segura-o sobre a boca. O ato de limpar-se dá lugar a uma ideia mais urgente, uma ideia que o paralisa, não por receio ou medo, e sim porque lhe soa estranhamente simples: "E se eu matasse meu irmão?".

— Você continua bonita — Tarcísio diz quando se encontram na sorveteria.

Carmem pensava que aos quarenta e seis já não tinha idade para corar. Pensava porque, de alguma forma, não se sentia tão viva. Mas ela cora, suas bochechas não se sentem mortas. Cora também porque se acha vigiada. Estão numa mesa junto à parede. Perto deles, um bolinho de garotos ri sem parar. O sorveteiro por vezes se inclina para ver do que eles riem tanto. Logo à entrada, uma mulher e uma menina comem salada de frutas em silêncio. A mulher é jovem, aparenta vinte e poucos anos. A menina tem menos de cinco, faz pouca sujeira comendo, embora brinque bastante com as uvas. Na última das quatro mesas ocupadas, um gordo de meia-idade termina uma banana split já com outro a esperá-lo. Carmem não tira os olhos deles todos. Cada um, a seu modo, a censura por estar ali.

"Você tem medo de quê?", Tarcísio perguntara ao telefone.

Carmem não disse, mas sabia exatamente do quê. Tinha medo de se perder, de não saber mais quem era, não saber o que significava sua vida, a que tinha até a véspera, a que enxergava todo dia quando se olhava no espelho. Ao escutar a voz do ex-namorado, foi como estar diante de um espelho e não reconhecer o próprio olhar. Ele falava para outra Carmem. Mas a desconhecida, que até havia pouco lhe causava medo, começou a lhe despertar curiosidade. Enquanto ouvia Tarcísio insistir no convite para vê-la, Carmem se chegava mais para perto daquele espelho, passava a mão naquele rosto estranho, começava a senti-lo fisicamente. Ainda havia um medo, agora não o mesmo de antes, da perdição, e sim outro: o medo de não saber se o rosto que via no espelho era feio ou bonito.

"Você continua bonita", Tarcísio fala agora na sorveteria logo que eles sentam.

Ela não sabe se agradece o elogio ou a informação. Teve a resposta que necessitava. Então olha para além do espelho e vê o que o tempo fez com o ex-namorado. Ele também continua bonito, soube envelhecer, para os homens é mais fácil. Cabelo curto, cavanhaque bem aparado, meio grisalhos. E o olhar, um olhar que vê muito, difícil esquivar-se.

Há anos Carmem não tem contato com os amigos em comum. Da última vez, disseram-lhe que Tarcísio ia muito bem na carreira, tinha um casamento estável, nada particular ou triste a saber. Depois esses amigos foram sumindo, e a lembrança de Tarcísio foi se apagando no marasmo estável que era o seu próprio casamento com José Francisco.

Até hoje de manhã, quando veio a tempestade.

Mas o olhar franco daquele homem que a elogia tomando sorvete, a desarma. Não deveria ser tão perturbador alguém do passado dizer "Preciso falar contigo". Carmem cora de novo por vergonha de ter reagido daquele jeito. Que armadilha a da sua consciência: tudo é como sempre foi e, num instante, de uma hora para a outra, se transforma em dúvida, tudo.

"Mas o que é isso?"

Está diante de um homem gentil. "Pelo amor de Deus, o que há de errado contigo, Carmem?"

— Teu marido já te disse isso?

— O quê?

— Que você continua bonita.

Carmem baixa os olhos:

— Sempre diz — ela mente.

— Duvido — o olhar de Tarcísio muda, perde a inocência.

"Mas afinal o que está acontecendo?"

— Duvido que ele diga — Tarcísio insiste. — A gente nunca diz. Eu nunca disse à minha ex-mulher...

— Você se separou?

— Faz uma semana.

"Sem-vergonha."

— E a primeira coisa que fez foi me procurar!

— Não me entenda mal.

"Maldito, repugnante."

— Vou embora.

— Carmem, espera — ele segura sua mão.

— Eu não devia ter vindo. Não devia... Mas você insistiu, insistiu tanto, me ligou... Eu sabia que era isso, só podia ser... — e contendo-se para não chorar: — Você não podia...

— Carmem, eu só deixei o meu número com a tua colega, ontem — ele aperta mais a sua mão e fala baixo: — Quem me ligou hoje, duas vezes, foi você.

Tarde

Não há sol, mas um mormaço, o céu fechado tampa essa panela de pressão que virou a cidade. Se andasse descalço, ele queimaria os pés na pedra quente da calçada. Se estivesse nu, queimaria a pele no vapor. Vestido e de sapato, resta a José Francisco arder a alma.

Enquanto seu corpo caminha pela cidade agonizando no calor, seu espírito continua inclinado sobre um poço vazio. Ele tem um pensamento fixo. Um pensamento que ecoa daquele poço tantas vezes, eco batendo em eco, tantas vozes a se confundirem e se tornarem ininteligíveis. Uma frase, uma pergunta curta: "E se eu matasse meu irmão?".

Sua face não carrega o mais leve tormento. É o rosto de um homem comum, desses que vão ao supermercado comprar leite e aproveitam para levar um maço de cigarros. Um rosto cotidiano. Talvez, de fato, aquela frase não o atormente: para atormentá-lo seria preciso outra, "Devo ou não devo matar meu irmão?". Mas essa não lhe vem, não há espaço para ela, tão rápida ecoa a primeira: "E se eu matasse meu irmão?".

José Francisco para num viaduto e se escora na guarda de ferro. O lá-embaixo, a rua, ele não vê. Devem passar automóveis, motocicletas, papeleiro puxando carroça, de tudo. Mas ele não vê. E não ouve as buzinas, os motores, as freadas, os palavrões. Nem ali no viaduto, atrás dele, se passa alguém ele não sente. Não há nada fora dele e, dentro, aquela frase. Do lado esquerdo da avenida há uma praça. Tem balanços, gangorra e uma caixa grande de areia...

A praça ficava nos fundos da escola, e na caixa de areia estava um grupo de meninos. Eram quatro ao redor de um mais novo. Este aparentava uns nove anos, usava bermuda até os joelhos, cinto de couro preto a combinar com os sapatos, camisa branca e engomada. Mostrava uma fragilidade nas pernas finas e era o próprio José Francisco.

— Come — disse um dos grandões, apontando um cocô de cachorro na areia.

O pequeno José Francisco estremeceu. Devagar, olhou para os lados e não viu ninguém que o socorresse. Seus amigos brincavam longe e, ainda que viessem, nada poderiam contra os grandões. Pensou no irmão... Não, não queria pensar no irmão.

— Come logo, pirralho — disse um outro, que não parava de andar, dando voltas ora para a esquerda, ora para a direita.

— Come, come — repetiu um ruivo, com uma evidente ereção sob as calças curtas.

O que falou primeiro levantou a mão para os outros, sinalizando que dominava o quadro e eles que não se intrometessem. Sem dúvida, era o líder.

O quarto menino nunca dizia nada. Tinha um tique de piscar o tempo todo e não tirava os olhos de José Francisco.

— Garoto, nós temos mais o que fazer — continuou o líder.

— Agora come a bosta.

Se o irmão estivesse ali, embora menor que os grandões, daria um jeito naquilo, poria todos a correr. O irmão era corajoso, não se intimidava.

— Anda, come a bosta, seu bostinha — repetiu o que andava em círculos.

O irmão o protegeria.

— Não vai comer, é? — veio o ruivo, o da ereção, com o punho erguido para seu lado.

O líder o segurou:

— Nada de violência! — E se abaixou ficando cara a cara com José Francisco: — Se não for preciso... Entendeu?

José Francisco olhava para todos. Não sabia do que eram capazes, tinha a impressão de que poderiam matá-lo. Pensava no que dizer. Atrapalhava-o aquele menino do tique, o que piscava, agora ele tinha um sorriso estranho e estático.

Seu irmão poderia matá-los um a um, apesar de serem grandes. Ou ele não faria isso; lhes daria apenas uma lição, queria deixá-los humilhados, eles tão maiores e covardes... E também o deixaria humilhado... Sim, fazendo as vezes de protetor, todos teriam pena dele, José Francisco pobrezinho, o bebezinho da casa, o coitadinho da escola, o que precisava da mamãe de calças curtas espantando os grandões...

— Come rápido que aí vem gente — falou o que andava sem parar.

— Come, come — gritou o ruivo.

José Francisco não olhava para trás, não queria saber quem vinha. Poderia ser uma professora, poderia ser o irmão. Ele precisava de dignidade, não queria mais ser humilhado...

— Isso, engole, assim — disse o líder, lentamente, com ar de satisfeito.

— Bom menino — era o que andava ao redor, agora parado, olhando.

O do tique nervoso, que ficara em silêncio o tempo todo, foi o primeiro a ir embora. Saiu ainda com seu sorriso irritante, saiu dizendo:

— O irmão dele comeu mais rápido.

— Aonde estamos indo?

Tarcísio dirige quieto. Levaria Carmem de volta ao consultório, mas o rumo que tomam é outro e parece errático.

— Não é por aqui — ela diz.

— Só estou ganhando tempo.

— Tempo pra quê?

— Contigo.

Carmem se cala. Desde que entraram no carro, vinham os dois em silêncio. Era o que ela queria, não falar mais nenhuma palavra, despedir-se na porta do consultório. Despedir-se para sempre.

Estão parados no semáforo. Na faixa de segurança, passa uma senhora de meia-idade, calça jeans, cabelo malcuidado, bolsa surrada e uma sandália de couro gasto. Sua intensamente, o que marca a blusa embaixo do braço. Ela se vira ao acaso e olha para Carmem. Seu olhar é calmo, tão calmo quanto o jeito como anda, sem vontade.

— Dobra aqui — diz Carmem.

— É contramão, não dá.

— Então na próxima.

O sinal fica verde e Tarcísio avança. Carmem se vira e olha de novo a senhora. Ela vai apática pela calçada. Nas costas, a blusa gruda de suor.

— Aqui também não é teu caminho — observa Tarcísio.

— Não me pergunta nada.

O modo como ela o cortou foi íntimo. Falaria assim com José Francisco, seu marido há vinte e cinco anos, se ele a deixasse irritada. Mas José Francisco nunca a irrita. "José Francisco é um santo", ela pensa. "E eu, o que estou fazendo?"

— Aonde vamos? — agora é Tarcísio quem pergunta.

— Já te disse, cala a boca.

Nunca falou assim com ninguém. Mandar calar a boca, para ela, é como dar um tapa na cara, faz com que as pessoas nunca mais se respeitem. Era o que dizia sua mãe. "Isso é hora de lembrar da minha mãe?"

Tarcísio não arrisca falar mais. Quando chega numa esquina, apenas olha para Carmem. Se ela não retribui o olhar, vai reto.

Ela pensa na mãe... A mãe, serena ou contida, ela e a irmã nunca souberam. A mãe que suportou a traição do marido por anos, que o viu sair de casa... "Traição, que merda", não quer pensar nessa palavra.

— Você está nervosa.

— Cala a boca, Tarcísio — Carmem fala sem olhar para ele, procurando um caminho no trânsito. — Nervosa, você vai ver — ela balbucia, seu olhar continua atento à rua. — Você se separa e vem me procurar. Por quê? Pensando o quê? Se a tua vida não deu certo... — interrompe-se pelo que vê na calçada...

É a mesma mulher de antes, a dos cabelos malcuidados. Agora mais suada, com menos vontade, sem olhar onde pisa. O suor das axilas juntou-se aos da barriga e das costas.

46

Carmem vira-se para Tarcísio como se esquecesse tudo o que acabou de dizer e fala com espanto, com desespero:

— A gente tá andando em círculos!

Ele não entende. Ela explode numa gargalhada, dá tapas no console do carro, ri e se joga para trás, chora, chora de cara aberta, sem escondê-la com as mãos.

— Carmem, vou estacionar.

— Não, não para.

— Mas, afinal, você quer ir pra onde?

Ela, encarando-o, diz que sairão da cidade.

A cidade, longe mas visível, abriga as vidas que compõem sua própria vida. A irmã, a esta hora, deve estar na escola. Dá aulas a jovens desinteressados e sobrevive a isso. A irmã, tão segura, tão livre e dona de si. Tão sozinha. A colega terá estranhado ela não voltar ao consultório depois do almoço. Terá franzido a testa por um breve momento e esquecido o assunto, mais preocupada com os filhos das amigas. Todo tarado é uma pessoa de bem com a vida no que não toca a sua obsessão. A cidade abraça de forma igual o solitário e o tarado. A cidade longínqua. E José Francisco, o pacato José Francisco, tão previsível após vinte e cinco anos, estará sesteando, tendo sonhos previsíveis, repetitivos e tranquilos. São três horas, daqui a pouco ele acorda, dá uma olhada em volta e fica mais uns minutos na rede. Quando Carmem está em casa, ele finge que dorme nesses minutos. Não há necessidade nem explicação, mas é o seu hábito, um homem como ele vive de hábitos... Um homem como José Francisco jamais procuraria a ex-namorada para acabar com sua vida. Sua vida, Carmem pensa, que era tão certa na cidade, que agora está longe, mas visível.

48

Nuvens negras se formam rapidamente. Estava nublado desde a manhã, mas não era escuridão. A cidade se esconde na sombra, fica indefinida, parece mais distante. As cortinas são roxas, pesadas, novas. O prédio todo é novo ou recém-reformado. Dois andares, construção discreta, cercado por um muro alto que mantém a discrição para os que entram. Carmem e Tarcísio estão no segundo piso, assim ela enxerga a cidade lá longe. Estivessem no primeiro, ela se forçaria a olhar apenas para o interior. Tarcísio, na cama, estático, olhos fixos no teto espelhado. Ela quis estar ali. Exigiu que saíssem da cidade. Ditou o rumo. "Para conversar", explicou-se. Disse que precisava isolar-se para entender. Tarcísio não discutiu. Ele mesmo não entendeu, a mulher parecia em transe, furiosa, autoritária.

Logo ao entrarem na suíte, Tarcísio sentou-se numa poltrona de couro vermelho. Não era couro de verdade. Ele sentou-se e esperou que ela falasse, que ela tomasse alguma iniciativa.

Carmem andava pelo quarto, sem paradeiro. Olhava tudo, olhava às vezes para Tarcísio com expressão furtiva, desviando o olhar assim que ele insinuasse reagir. Andava um tempo rápida, depois devagar, e rápida outra vez. Entrava no banheiro, olhava-se no espelho, voltava ao quarto, olhava pela janela, olhava para Tarcísio, voltava ao banheiro.

Tirou os sapatos, dobrou os dedos dos pés num esboçar de alívio, andou esfregando os pés no carpete, o corpo pesando. Voltou ao banheiro e lá se fechou.

Meia hora depois, Tarcísio acordava de um cochilo, com as costas doídas de dormir na poltrona. Foi à porta do banheiro e bateu, perguntou se ela estava bem. Não houve resposta. Ele colou a orelha na porta e não ouviu nenhum som. Insistiu batendo de novo, mais forte. Tentou a maçaneta, chaveada. Abaixou-se para olhar pela fechadura, mas não tinha buraco. Antes que ele se erguesse, Carmem abriu a porta, bruscamente e quase nua, usava ainda o sutiã.

Ela olha a cidade longínqua, vê o temporal se formando, o dia anoitecendo. Tarcísio, imóvel na cama, não fala nada. Não disse a frase pronta: "Isso nunca aconteceu comigo". Tampouco ela respondeu aquela outra: "Isso acontece com todo homem, é normal". Ambos entenderam, sem comentários, que aconteceu, ou *não* aconteceu, e só, melhor assim. Viraram-se um para cada lado e ficou cada um consigo. Depois de alguns minutos de olhos fechados, Carmem foi à janela, pensou na irmã, na colega, no marido, viu as nuvens se adensarem. Agora espreme os olhos, porque a cidade, embora visível, está longe. Espreme os olhos procurando no meio dos prédios, das ruas, entre as pessoas que lembra, procurando, corre os olhos com pressa para um lado e outro antes que a tempestade venha e nada mais se enxergue.

Sob o viaduto em que José Francisco se escora, quatro cães magros tentam abrir um grande saco de lixo. Não foram eles que o derrubaram da lixeira, alguém lhes fez o favor. É um saco plástico igual aos outros, mas não conseguem rasgá-lo. Puxam, por vezes um de cada lado, e não conseguem. O cão maior, branco onde ainda resta pelagem, para de morder e late para os carros na avenida, como a pedir ajuda, empurra um menor e segue tentando.

Na grade da passarela, José Francisco sua de encharcar a roupa, de transbordar das sobrancelhas e salgar os olhos. Olha na direção dos cães, porém as pupilas fixas mostram que ele não olha para os cães. É uma fisionomia de cego, ou de quem, assim como um cego, só atenta aos outros sentidos. Ele ouve, ouve sem parar aquele pensamento, aquela pergunta, aquela ordem: "E se eu matasse meu irmão?".

Mas troveja, balança o mundo, tudo se interrompe: os cães largam o saco de lixo e uivam; José Francisco para de ouvir a pergunta, olha para trás...

51

Quem chega é seu compadre caipira. Estranho vê-lo sem a caneca de café, sem estar sentado num mocho perto do fogão a lenha. Estranho vê-lo, de qualquer forma. Tem um sorriso nervoso. Pudera, tantos problemas na família... Como o achou ali no viaduto, se nem José Francisco sabia bem onde estava? Traz na mão uma garrafa d'água. Vem se aproximando com cuidado, sabe que a hora é imprópria, que chega sem convite.

— Toma, Zé — o compadre lhe oferece a água.

— Não, obrigado.

— Toma.

José Francisco bebe a garrafa inteira. Não sabia que estava com sede.

— Vai pra casa — o compadre fala sem a impostação de quem dá ordem nem o tom sugestivo de quem aconselha. Fala como quem narra uma história, algo já acontecido. "Vai pra casa", assim, depois de uma vírgula e antes do ponto final.

O compadre escora-se na guarda do viaduto, só faltando dizer: "Vai que eu fico no teu lugar".

Os cães continuam uivando desde o trovão, uivando para o céu, reclamando.

— Não posso ir embora, tenho uma coisa para fazer.

O céu responde aos cães, mais um trovão.

— Vai embora e para de pensar em bobagem — diz o compadre. — E toma aqui mais água.

— Não quero.

— Toma.

José Francisco bebe toda a garrafa outra vez.

Chega pela esquerda o negro do mercadinho, o quase anão. Para apoiar-se na guarda do viaduto, cruza os braços na altura do peito. Não olha para José Francisco, e sim para os cães, que seguem uivando ao céu.

— Agora eu lembro de ti — diz José Francisco sem se virar.

52

— Lembra de hoje ou de antes?

O negro é esperto e parece saber a resposta, parece perguntar só para causar desconforto. Os dois se encaram. José Francisco o conhece, não está certo de onde, talvez seja um cobrador de ônibus da época da faculdade. Mas a roupa e o boné xadrez não combinam com a lembrança. Esse boné, vermelho e branco, acha que o viu num amigo de seu pai, quando era pequeno. Brincava de matar índios na frente da casa e o amigo do pai chegou fazendo piada, rindo alto e de boné xadrez, vermelho e branco. O homem pisou no forte que protegia os soldados. O ataque dos peles-vermelhas era iminente, momento para muita concentração e estratégia, e veio esse homem rindo e destruindo tudo. O pai o recebeu com abraços, tapas nas costas e muitas perguntas. José Francisco recolheu os soldadinhos de pau e seus cavalos de osso e os guardou numa caixa de sapato.

— ... mas ele não enxerga — fala o compadre para o negro, um de cada lado de José Francisco.

"Não enxergo o quê?"

— Ele está com sede — o negro responde ao compadre.

— Eu sei, já lhe dei uma garrafa d'água e ele bebeu todinha.

"Bebi duas garrafas. Duas."

— Ele vem sempre aqui?

— Sempre que está assim.

"Mentira. É a primeira vez que eu estou aqui."

— Ele está sempre assim — diz o merceeiro barrigudo, chegando junto com a velha, sua cliente.

José Francisco se vira surpreso para eles. O compadre e o negro continuam conversando como se nada estranho estivesse acontecendo. A velha fala mas não emite som. Ela cobre os ombros com um xale de tricô, o que dá uma ânsia em José Francisco. Ele tem sede outra vez. Apesar da fala muda, o merceeiro parece entendê-la e concorda com ela:

— Pois é o que eu digo sempre, senhora. Pois então, quando lhes falta, eles tiram dos outros...

"Me falta o quê?"

O compadre e o negro também conversam a fala muda. José Francisco presta-lhes atenção nos lábios. Não sabe ler os lábios, quer aprender agora, queria saber desde que nasceu. Por que não ensinam as crianças a ler os lábios? Tem horas que só se entende o que é dito assim, tem horas que todo mundo é surdo.

— Toma aqui — o compadre oferece a garrafa d'água.

Agora ele sabe que tem sede, bebe tudo de um gole só. O negro lhe dá outra garrafa, e ele bebe. O merceeiro lhe dá mais outra, ele bebe. Tem muita sede, pode beber toda a água que vier. Vira-se para a velhinha, pedindo mais uma. Ela o encara profundamente, e agora ele a ouve: "Eu não entendo nada", ela diz, como dizia no mercadinho, "sou velha e não entendo mais nada".

Todos falam ao mesmo tempo, a velha dizendo que não entende, o merceeiro dizendo que é assim, o negro reclamando que José Francisco não o reconhece, o compadre lhe oferecendo mais água, mais água, mais água.

E, lá embaixo, os cães uivando.

José Francisco percebe que eles não uivam para o céu. Uivam para ele, falam com ele.

54

Como chegou ao prédio do irmão, ele não lembra. Como passou pelo porteiro, tampouco. É certo que não disse "Vim matar meu irmão". Também é certo que o funcionário estranhou ele vir duas vezes no mesmo dia.

Como subiu, pelo elevador ou pelas escadas? Sua como se fosse por elas. Quantas vezes já tocou a campainha? Sua como se estivesse no corredor abafado há tempo. Ou acaba de chegar pelas escadas? Ou tudo foi muito rápido, e ainda não secou o suor da rua, da tarde insuportável, do mormaço que antecede o temporal?

José Francisco não sabe.

Sua e pensa no frescor que sai do poço atrás de casa. Basta abri-lo e enfiar a cara, mesmo não havendo água. Água, ele tomou muita água e agora tem vontade de urinar.

O elevador abre e sai uma moça desconhecida. Ela olha para José Francisco e estaca, a chave na mão e a face congelada.

Ele tem uma aparência assustadora, suado, cabelo desgrenhado, cara de louco — porque a bexiga arrebenta.

A moça vira-se para o elevador que já fechou. José Francisco vê sua aflição e hesita entre cumprimentá-la ou seguir tocando a campainha. Uma conversa casual pode ser a deixa de um psicopata assassino, e, por outra, dar às costas e tocar a campainha pode ser o preparo de um bote, um ataque tão logo a moça se vire para abrir sua porta.

José Francisco precisa que ela saia dali. Mas ela não se mexe, nem fala nem tira o olho dele. Tem a chave na mão, pronta, uma única já separada do molho.

José Francisco sabe o quanto a assusta, sabe que tem cara de assassino. E que outra teria quem chega para matar o próprio irmão, e com a bexiga estourando? De assassino e de louco. Ele já não duvida que esteja fora do juízo, agora não duvida, depois dessa troca de olhares com a vizinha. É bem o que ela diz sem falar: "Um louco, Deus me defenda de um louco assassino...".

Ele está com a testa grudada na porta do irmão. Não sabe desde quando. Não viu a moça entrar em casa ou ir embora. O que sabe é que no apartamento do irmão não há ninguém e que hoje ele não vai matar ninguém. Está com as pernas mornas de urina e encharcado até as palmilhas dos sapatos.

Noite

Ferve o leite, apita a leiteira. Na mesa, quase tudo: manteiga, pão francês, geleia de figo. Carmem traz os frios, senta-se e começa a cortar o pão. Pela janela, passa o mesmo bafo da tarde. A chuva se demora, brincando com as pessoas.

— Teu irmão ligou agora há pouco. Disse que adiantou a viagem. Estão indo hoje.

José Francisco aparece à porta da cozinha, cabelo molhado de sair do banho, o segundo desde que chegou em casa.

— Aqueles netos são tudo pra ele — Carmem faz o comentário num tom neutro, nem criticando nem com alegria.

José Francisco senta-se à mesa e a observa sem responder. Ela passa a faca nas bordas do pão para limpá-la da geleia. Carmem é bonita, sempre foi, nunca deixará de ser. Tem um olhar decidido.

— Como foi o almoço?

— Bom — ele responde rápido. — Me passa o presunto.

— O que eles fizeram?

— A Jandira não estava lá. Foi comprar umas coisas pra viagem. E o teu dia, como foi?

Ela vai até o fogão. Pega o leite. Olha pela janela:

— Normal.

Deitam-se. Apagam os abajures e desejam-se boa noite. Fecham os olhos mas não dormem. O ar-condicionado alivia o calor, os travesseiros são fofos e o colchão de molas acomoda-os confortavelmente. Após o dia cansativo, alívio para os corpos. Entretanto estão insones, abrem os olhos no escuro.

Toda escuridão é igual, breu, vazio, mais ainda no silêncio. Houve silêncio quando Tarcísio, no motel, disse que não conseguiria. Era de tarde e a janela estava aberta, mas estava tudo escuro. Carmem fechara os olhos e havia o silêncio, não se tinha o que dizer. Todo mundo, um dia, não consegue. Quisera fosse ela.

Toda escuridão é como um poço vazio, falta o reflexo que dê noção da profundidade. "E se eu matasse meu irmão, quem eu seria amanhã?" A frase aumenta, eco de uma segunda pedra jogada no fundo do poço, pedra batendo em pedra: "Quem seria eu amanhã?".

O poço, atrás da casa, está com a tampa aberta. Espera a chuva que ameaça mas demora a cair.

Daqui a duas horas, vencidos pela escuridão e pelo vazio, Carmem e José Francisco terão adormecido. Acordarão de madrugada, com o telefone tocando...

O céu rebentou com toda a força. A chuva começou no litoral, tremenda, um bloco sólido a cair estrondosamente. E veio pela autoestrada.

No sentido contrário, iam o irmão de José Francisco e a esposa. Ele comentava o almoço, como vira o irmão abatido, preocupava-se. A mulher ouvia quieta. Sempre achara o cunhado um tanto estranho. Hoje mesmo, não precisava comprar nada para a viagem, disse que o faria para não ter que almoçar com ele. Agora tinha que ouvir a ladainha de sempre, "o José me preocupa", "o José isso", "o José aquilo". Interessa-lhe é o fim de semana, a praia, interessam-lhe os netos. O cunhado que se dane. O irmão de José Francisco diminui a velocidade. Mal enxerga a sinalização na faixa. Fala em parar, esperar que amenize a chuva. A mulher acha que parar é mais perigoso. Ele concorda, segue, aproxima-se do para-brisa tentando enxergar melhor.

— O problema do José foi se aposentar sem nada pra fazer.

— Pois é.

— Ainda se a Carmem também se aposentasse, um faria companhia ao outro.

Toca o celular. A mulher atènde.

— Oi, meu querido. Ligou lá pra casa? É, a gente se adiantou. Vocês vêm sexta de tardinha ou sábado de manhã? Tá bom. E cuidado com a estrada, hein!

Boa a recomendação, às vezes inútil. Cuidar, o marido estava cuidando, e o motorista do caminhão que vinha carregado de porcos também. Mas a curva muito fechada apareceu de surpresa aos dois. Foram todos para o barranco. Voaram porcos. O celular rolou dentro do carro, o carro ia diminuindo a cada volta barranco abaixo e o caminhão terminou por capotar em cima dele.

Demorou a chegar a polícia rodoviária. Demorou um pouco mais a chegar a ambulância, então para nada. O único vivo era um porco, atordoado, que subira até o asfalto e atravessava a pista. Dois policiais, usando capas de chuva amarelas, correram atrás. Não foi fácil agarrar o bicho pesado e escorregadio. O infeliz grunhia desesperadamente.

Demorou até localizarem a família, até os filhos entenderem o que tinha acontecido, até um deles lembrar-se de telefonar para o tio José Francisco...

Mas agora ainda não chove. José Francisco e Carmem ainda não dormiram. Já não os atrapalha a tormenta que foi o dia. O que não os deixa dormir é o medo, nenhum deles entende bem do quê. Estão imóveis na cama, fingem dormir. Nenhum diz ao outro porque não entende, embora sinta que o medo, mais que medo, pavor, é de acordar amanhã.

Lá fora, no pátio, o poço é fechado. Foi aberto para receber a chuva, numa última esperança de que se enchesse, que se completasse. A tampa se arrasta, fechando-o, o som é agudo e humano, gemido. Ninguém ouve.

A GRANDE VENTURA DE PAULO SÉRGIO CONTADA POR ELE MESMO TRÊS DIAS ANTES DE MORRER

e no final assim calado
eu sei que vou ser coroado rei de mim

Marcelo Camelo

Primeiro bloco:
Do palitinho ao relojoeiro

Meu colega Ramón estava tecnicamente morto. Nosso patrão implorou aos médicos para deixá-lo nos aparelhos até chegar alguém da família. Ramón era boliviano, nosso patrão era um sujeito religioso, e os médicos, gente boa, pelo menos enquanto houvesse leito no CTI.

Ramón era o mais antigo lá no escritório. Veio estudar no Brasil à custa de um tremendo esforço dele próprio, de seus pais, e parece que de toda a sua aldeia indígena. Veio fazer medicina, só que a pindaíba o levou a trabalhar cada vez mais, não teve como seguir a faculdade. Não ganhava grande coisa, mas aquilo era melhor que voltar para casa e plantar coca.

Eu também posso dizer que fui um dos pioneiros na empresa. Fui o primeiro boy. Não tinha nem dezoito anos, recém-formado no Maneco, sem vontade nenhuma de fazer vestibular e tampouco me sentindo desempregado. Me sentia em férias, até a mãe me acordar numa terça-feira de sol dizendo "Levanta que te arranjei um trabalho, e anda logo pra não ficar igual ao teu pai".

Depois contrataram o Asdrúbal, ele pedia que o chamassem de Dudu. E mais tarde veio o Zenóbio, que se orgulhava do nome e, assim como o patrão, era muito religioso. O Dudu e eu nos entendemos imediatamente: Bar Panaceia, Pink Floyd, e de vez em quando um baseadinho. Nunca saímos juntos, mas a conversa engrenava por afinidade. Aliás, era a regra no escritório: o pessoal todo se dava bem, mas ninguém se via fora do serviço. E todos gostávamos do Ramón, foi doloroso quando descobrimos que ele tinha um câncer, e, pior, um mês depois ele estava desenganado e terminal.

Nosso patrão, na sua religiosidade obsessiva, não admitia que o pobre morresse longe da família, e teve um trabalho danado para fazer contato. Na aldeia altiplana eles não tinham telefone. Foram telegramas e telegramas para lá e para cá, passando sempre pela capital do departamento. Mas o patrão tinha fé, e deu certo.

A família mandou a irmã mais nova do Ramón buscá-lo, ou melhor, buscar o corpo. Ela viria de avião até Porto Alegre, depois era pegar um ônibus para Santa Maria, voltar a Porto Alegre num carro fúnebre e daí os voos para La Paz. Falando assim parecia fácil, mas tinha um problema: a tal irmã, uma indiazinha de dezenove anos, nunca saíra de sua aldeia e mal sabia falar espanhol, somente a língua aymara.

Então alguém precisava ir a Porto Alegre buscar a moça no aeroporto. E, sem voluntários, decidimos no palitinho. Não preciso nem dizer quem foi o sortudo.

Por esses dias, minha mãe e eu preparávamos nossa mudança para um apartamento menor. Embora não fosse mais boy (estava no escritório fazia quatro anos), eu ainda ganhava pouco, e ela, funcionária aposentada na universidade, tinha a impressão de que ganhava cada vez menos.

Sábado à tarde, na despensa, eu separava o que ia para a casa nova do que era lixo. A despensa era a dependência de empregada, inclusive o banheirinho. Numa das paredes ficava o rancho e nas outras se empilhavam caixas de papelão cheias de sabia-eu-lá-o-quê. Comecei pelo rancho, que foi bem rápido, era guardar numa caixa o que se podia comer e noutra os produtos de limpeza. Ali já me cansei. Mas depois é que viria o serviço pesado, e antes de abrir a primeira caixa me deu vontade de procurar um emprego melhor e pagar o aluguel que a imobiliária pedia.

E se por fora era tudo mais ou menos limpo, dentro das caixas tinha um pó que me saltava na cara ao abri-las, eu espirrava. No geral eram coisas para se desfazer, guardadas num dia em que minha mãe ou eu as consideramos importantes, mas agora eu não lembrava o porquê. Por exemplo: minha bola de futebol.

Eu a jogaria no lixo há mais tempo se me lembrasse dela, porque depois do Atari, nunca mais... Aliás, o Atari estava numa outra caixa. Ele, o joystick e os cartuchos. Lixo. E mesmo que não fosse lixo, era o tipo de lembrança que a gente só guarda se tem espaço em casa, não caberia no futuro apartamento.

Na terceira caixa, revistas e livros. Por cima, números da *Visão* que alguém guardou por alguma reportagem de-se-guardar. Para mim, daquilo ali, nada fazia sentido. Que me interessavam os fiscais do Sarney, coisa de seis anos antes? Pensei em chamar minha mãe. Pensei, mas desisti. Se ela ainda fosse selecionar as revistas, a que horas eu terminaria na despensa? Tudo fora. Logo abaixo, uns livros meus, didáticos, do primeiro grau. Lixo. E depois, no fundo, o que eu nunca esperaria achar: os livros do meu pai.

Meu pai lia muito, sempre, o que irritava minha mãe. Irritava mais quando ele vinha falando naqueles assuntos que lia, uns papos cabeça, do além. Lembro que minha mãe não gostava especialmente do Osho. "Um dia esse louco ainda vai te deixar louco", ela dizia, repetia, gritava.

Eram do Osho os dois livros que eu acabava de retirar da caixa. "Melhor esconder", pensei, "melhor deixar na Maria Rita."

Maria Rita era a vizinha morena do 403. Um pouco mais velha que eu, era casada. Mas o marido eu nunca vi, o sujeito estava sempre viajando. Nunca perguntei o que ele fazia, nem ligava para isso. Quando pensava na Maria Rita, pensava nas suas coxas.

Lembro o dia em que ela chegou de mudança, sozinha, com shorts de brim curtíssimos, bendito verão. A gente se cumprimentou na calçada. Eu ia saindo para o serviço e me ofereci para ajudar no que precisasse, era só pedir, meu apartamento era o 301. Ela sorriu, agradeceu e disse que os caras da mudança cuidavam de tudo. Malditos caras da mudança.

Quando contei ao meu colega Dudu que a vizinha nova era uma gostosa, ele perguntou, de primeira, se ela era casada. Estranhei: no que me interessava ela ser casada ou não? Claro que me agradava a ideia de ajudar na mudança, ficar olhando pr'aquelas coxas saindo dos shorts de brim, quem sabe depois instalar o chuveiro dela (o que nunca fiz em casa), mais tarde levar uma xícara de açúcar...

— Sei lá se é casada!

— Tu não olhou no dedo, animal?

— Que tem o dedo?

— A aliança, tongo!

O Dudu era gringo de Silveira Martins, e na família dele a ofensa máxima era chamar alguém de tongo. Antes, quando me chamou de animal, era no sentido carinhoso da palavra.

De noite, a Maria Rita buzinou a campainha lá de casa, pediu uma xícara de erva-mate e se desculpou pelo incômodo. Eu disse que não era incômodo, que nada, e a convidei a entrar enquanto pegava a erva na cozinha. Minha mãe a cumprimentou sem se levantar da poltrona, olhando-a de cima a baixo e não disfarçando nem um pouquinho o desgosto. A moça perguntou da novela, muito gentil. Da cozinha, não ouvi resposta. Na volta, fui pego de surpresa pelo convite da Maria Rita para eu tomar chimarrão em seu apartamento. Olhei para minha mãe por reflexo. Não estava pedindo autorização para ir, o que nem caberia na minha idade. Olhei para ela como quem vai apartar uma briga iminente e mortal. A velha (no sentido carinhoso da palavra) continuou fixa na tela da TV, muda.

Subindo a escada, me lembrei do que dissera o Dudu e olhei no dedo: a Maria Rita usava aliança. Mas aquilo não me pareceu nada estranho. Eu já devia ter visto quando nos cumprimentamos de manhã, apenas não me importava.

Então naquele sábado de tarde saí da despensa com os livros do Osho no sovaco e passei por minha mãe na cozinha.

— Vou ali no 403 e já volto.

— Tu não tinhas que arrumar a despensa, guri?

— É que achei uns livros da Maria Rita e vou devolver antes que a gente se mude.

— Eu não sabia que essa tipinha sabia ler.

Minha mãe nunca pegou pesado com a Maria Rita (até porque nunca se viam pessoalmente), mas me largava essas indiretas sempre que tinha oportunidade.

Buzinei a campainha três vezes, a Maria Rita não atendeu. Eu sabia que ela estava em casa, tinha música tocando. Decerto ela estava tomando banho, pensei. Fiquei ali no corredor, parado, imaginando-a no banho: ai, a Maria Rita ensaboando as canelas, ensaboando as coxas, passando a mão ensaboada...

— Paulo Sérgio — ela me acordou enrolada numa toalha, a porta só entreaberta. E se me chamou de Paulo Sérgio é porque antes repetiu Serginho algumas vezes.

— Tenho que falar contigo — eu disse.

— Agora não dá.

— O teu marido está aí?

— Não, não tem ninguém.

Por que ela não abria a porta?

— Tu pode guardar esses livros pra mim?

— Não dá pra ser depois?

Ouvimos o barulho da geladeira abrindo e fechando.

Ela sussurrou:

— Serginho, volta mais tarde.

— Maria Rita, eu não posso voltar pra casa com os livros.

Quando eu tinha oito anos, nós morávamos numa casa verde no Itararé. Minha mãe vivia reclamando que precisava pegar dois ônibus para chegar à universidade. Mas sair da casa não era uma opção, ali não pagávamos aluguel (essa história do aluguel nos perseguiu desde sempre). Quem a construiu foi meu avô materno, ferroviário. Morreu cedo, o meu avô, de acidente, nem o conheci. Minha avó morreu logo depois, de depressão profunda. Meus pais já eram casados, minha mãe herdou a casa. Era de madeira, e no meu quarto tinha uma fresta por onde eu espiava a janela da vizinha (nunca vi nada de mais).

Certa vez, pela fresta, ouvi os guinchos de um rato uma noite inteira. De manhã, depois que minha mãe saiu, fui ver e ele era cinza e era um filhote, sozinho. Não tinha nem força para fugir de mim. Peguei o coitado na palma da mão e levei para o meu quarto. Passando pela sala onde meu pai ouvia rádio, fechei as mãos em concha para escondê-lo. Acomodei o rato debaixo da minha cama e fui à cozinha pegar leite. Meu pai não reparou em mim indo nem voltando. Assim eu alimentei o bichinho até o sábado, quando minha mãe o matou a vassouradas.

A Maria Rita pegou os livros com uma cara de "vamos acabar logo com isto", e eu disse a ela que na segunda iria a Porto Alegre buscar uma índia boliviana. Ela enrugou a testa para me entender.

— Meu colega Ramón está morrendo e alguém precisa ir buscar a irmã dele no aeroporto e nós tiramos no palitinho...

De repente, sem saber por quê, me senti mal contando a história do palitinho.

Segurar uma cartolina com o nome de um desconhecido é ridículo. O sujeito lá no desembarque do aeroporto, tipo um espantalho, fica olhando quem sai pela porta de vidro e pensando "é este, não é este". E se olhar para os lados, tem que se segurar para não rir dos outros babacas na mesma situação, provavelmente pensando a mesma coisa: "é este, não é este...". Agora imagine eu, que além disso tudo levantava a tal cartolina com um nome indígena boliviano que nem sabia pronunciar. Custava os pais do Ramón darem à filha um nome espanhol como o dele? Ramón, pronto. Simples, fácil e até bonito.

Os passageiros começaram a pegar as malas. Mas por enquanto eu não via nenhuma indiazinha com roupas típicas e um cabelo negro e longo preso para trás. Fechei os olhos e imaginei que podia ser um tipo Luiza Brunet, como ela seria lá pelos dezessete, metida numa calça jeans apertadinha, camiseta branca e um cabelo negro e longo amarrado para trás. Podia também ser parecida com a Maria Rita...

Acordei com um puxão na manga da camisa. Era ela, a irmã

do Ramón. Não vestia nenhuma roupa típica, mas uma simples calça jeans e uma camiseta branca. Só que nada a ver com a minha Brunet, é claro, nem com a Maria Rita. A moça era baixinha, gorduchinha, nariz de batata, e a calça e a camiseta eram largas como se fossem para duas... duas... sei lá como se pronunciava.

Eu sorri e disse "Oi". Ela não respondeu. Manteve aquela cara redonda fechada, me olhando bem nos olhos. Eu sorri de novo, mas dessa vez não por simpatia, e sim pelo nervosismo. Vi que toda a sua bagagem era uma mochila da Gang, igualzinha à minha (o Ramón vivia mandando coisas à família).

Apontei para mim mesmo:

— Paulo Sérgio.

Ela apontou a cartolina que eu ainda segurava, como dizendo: "Paulo Sérgio, o babaca".

Tudo bem. Fiz um gesto na direção dos táxis, dobrei a cartolina, guardei na mochila junto com o relógio de parede, o que o patrão pediu que eu levasse para consertar em Porto Alegre. Pensei em explicar a ela que antes da rodoviária passaríamos nessa relojoaria do Centro, mas ela não entendia português e não parecia interessada em nada que eu pudesse dizer.

Quando entramos no táxi e vi a indiazinha olhando o horizonte, percebi que se eu viajasse milhares de quilômetros para buscar um irmão morto, também não teria vontade nenhuma, nenhuma de sorrir.

Eu odiava andar de táxi. Odiava taxistas. Desde aquela tarde, não sei quantos anos eu tinha, aquela tarde no táxi branco.

Meu pai sentava comigo no banco de trás e minha mãe no carona. Era uma tarde nublada de um outono frio. A rua estava coberta de folhas amarelas e secas, eu ouvia os estalos embaixo dos pneus. A rua era comprida e reta, uma alameda de plátanos amarelados. Na época eu não devia saber o nome da árvore. Ou não eram plátanos, mas eucaliptos. Se lembrasse o cheiro, teria certeza, cheiro de eucalipto eu sempre conheci. Mas folha de eucalipto é pequena demais para estalar com os pneus do carro, e não é amarela, ou até pode ser. A rua tinha uma fileira de plátanos de cada lado, e não sei por que estou duvidando disso agora.

O carro, sim, o carro era branco, e a roupa do taxista branca também.

Meu pai olhava pela janela do mesmo jeito que a irmã do Ramón, um olhar fixo e distante. Minha mãe olhava o relógio e mexia dentro da bolsa, olhava a rua e depois outra vez o relógio, a bolsa, a rua... Mas nunca se virava para trás, nunca nos olhava.

Eu reparava em tudo isso e reparei na mão do taxista. Dava para enxergá-la bem quando ele mudava a marcha. Era grande e fina, dedos compridos. Reparei que ele usava um anel. Me parece que o sol refletia no anel e o brilho me deixava atordoado. Ou não tinha sol, era uma tarde cinza de outono, quase inverno. Mas algo brilhava e o anel era vermelho.

Olhei a mão do meu pai, menor e peluda. Os dedos do taxista não tinham nenhum pelo. Os do meu pai eram curtos e ele também usava um anel, a aliança de casamento.

O taxista mudou a marcha olhando para a minha mãe. Olhou para o rosto e foi descendo.

Meu Deus, ela nem notou. Continuou mexendo na bolsa e cuidando as horas e a rua. Mas eu notei.

O homem não tinha vergonha. Olhou de novo, demorado. Aquele olhar de cobiça. Eu era novo, mas entendi bem.

Eu mal conseguia respirar. Estava me afogando. E meu pai via aquilo? E minha mãe via? Nada! Só eu via.

"Mãe", eu disse. E ela me ouviu? E meu pai me ouviu? Ninguém. Nem o taxista parou de olhar para ela.

Eu me afogava, queria gritar, ninguém me ouvia... Comecei a chorar e as lágrimas me embaçaram a visão e a luz do céu nublado e o reflexo do sol no anel vermelho do monstro... "Pai."

— É aqui — disse o motorista.

Estávamos no Centro, no endereço que o patrão me deu. Pensei em pedir ao taxista que me esperasse. Afinal só tinha que deixar o relógio de parede, assim não andava com a indiazinha para cima e para baixo. Mas vá que demorassem a me atender. Olhei nos dedos do taxista (eram normais, peludos e sem anel), paguei a corrida e levei a irmã do Ramón comigo. Ainda não havíamos trocado nenhuma palavra desde o aeroporto.

Conforme entrávamos na galeria, conforme ficava mais escuro pela distância da rua e da luz natural, eu me perguntava por que levar um relógio de parede para consertar em Porto Alegre. Mas o patrão era um cara estranho. Tinha a mania de querer tudo em ordem, tudo no lugar certo, na hora certa. Tudo precisava funcionar "como devia", era assim que ele falava. Até essa história de trazer a família do Ramón tinha a ver com isso, porque era "como devia ser", ele disse. Assim não estranhei que também o relojoeiro tivesse que ser *aquele*, "o cara certo". Só ele podia mexer naquela preciosidade que ficava pendurada na parede e ordenava o tempo e o ritmo no escritório. Para mim, era um relógio igual aos outros, e vagabundo.

Na porta da relojoaria, me virei para a indiazinha e apontei-lhe as vitrines, ela que se distraísse enquanto eu despachava o relógio. A menina olhou para todos os lados, sem mexer o corpo, e se fixou numa parede forrada com jornais. Deixei-a sozinha e entrei na loja.

Um homem careca e vesgo atendia no balcão. Ele e o cliente me olharam como se eu atrapalhasse. O espaço era apertado, eles passaram a cochichar. Eu me virei e fiquei observando as coisas. Tinha de tudo: relógios novos, relógios antigos, algumas joias, prataria, tudo misturado nos balcões com tampa de vidro e nas prateleiras, uma desorganização medonha. E no meio dessa encrenca, sozinho e empoeirado, me chamou a atenção um violino velho. Nunca me interessei em saber quantas cordas tinha um violino, mas percebi que faltava uma, e que deviam ser quatro...

— O que deseja? — era o atendente careca.

Reparei que ele era vesgo de um olho só. Me encarava com o outro, o olho bom. O cliente já tinha ido embora. Estávamos apenas nós dois na loja, no meio daquela tralha, daquelas paredes cheias de miudeza. De repente comecei a ouvir os relógios, cada um com seu tique-taque diferente, todos desencontrados. Me senti na despensa lá de casa, imóvel, indeciso, com a missão de encaixotar o passado e escolher o que se guarda e o que se joga no lixo.

— O que deseja? — ele repetiu no mesmo tom, como se dissesse pela primeira vez.

Eu não sabia mais. Eram tantos tique-taques, tantos relógios, tantas prateleiras e tanta curiosidade pelo violino, que eu não sabia mais o que desejava. Talvez sair dali?

A Maria Rita tinha uma televisão catorze polegadas, o sinal no apartamento dela era terrível (interferência do prédio vizinho). Mesmo assim, ficávamos horas tomando chimarrão e conversando na frente da TV, sem dar importância ao programa ou à imagem ruim. Agora, pensando bem, não entendo por que a TV ligada. Mas na época eu achava tudo normal.

— Tu sente saudades do teu pai? — ela me perguntou numa noite dessas.

78

Aquilo não tinha nada a ver com o assunto. A gente conversava sobre o Collor e o PC Farias, eu contava que o processo de *impeachment* dava arranca-rabos lá no escritório. Eu não me interessava por política, falava disso com a Maria Rita só para passar o tempo (e passar o tempo com a Maria Rita era bem melhor que ficar em casa ouvindo música no meu quarto, o que já era melhor que ficar na sala assistindo às novelas com minha mãe).

Se eu tinha saudades do meu pai? Como é que eu vou dizer... Lá no apartamento da Maria Rita ou a gente ficava quieto, com a cuia na mão e os olhos na TV, ou jogava conversa fora sem compromisso. Não era nada de se pensar demais, só falar e... Eu podia até dizer que sim, que sentia saudades do meu pai. Provavelmente a Maria Rita não fosse além, mudaria de assunto. Mas eu não disse nada. Não era a hora nem o lugar para pensar no meu pai. Fiquei mudo por um tempo. Me deu vontade de dizer à Maria Rita que eu não queria falar sobre ele, mas me pareceu coisa de gente afetada. Foi muito desconfortável: sobre o que ela queria que eu falasse, eu não queria sequer pensar, e o que eu estava mesmo pensando, não queria falar para não parecer um chato. Quem me salvou foi o telefone.

Acho que era o marido. Devia ser o marido sim, ela disse "Oi, amor" e se fechou no quarto. É claro que era o marido. Para quem mais ela diria "Oi, amor", e por que eu desconfiaria que ela pudesse dizer isso a mais alguém? O certo era que fosse o marido.

Me deu vontade de baixar o volume da TV e ouvir a conversa. Me deu vontade de colar a orelha na porta do quarto. Mas fiquei ali sentado no sofá e quieto. Tão quieto que pude ouvir um risinho. Aí me deu vontade foi de estar no outro lado da linha, falando com a Maria Rita...

A coisa mudou quando o risinho virou gemido. Minha fantasia estacou de repente. No início achei que fosse na TV. Olhei rápido: passava um comercial de refrigerante, sem ninguém gemendo. A Maria Rita gemeu mais algumas vezes, riu de novo, disse alguma coisa que não ouvi e daí foi um silêncio... Quer dizer, tinha a TV, tinha o meu coração, eu quase o ouvia... Do quarto é que não vinha nada.

Pela primeira vez, ficar na Maria Rita estava sendo pior que ver novela com a minha mãe. Aquela sensação de estar no lugar errado e sem ter um lugar certo aonde ir. O mesmo que senti depois na relojoaria, frente a frente com o homem vesgo...

Que não era exatamente vesgo. Era um olho de vidro, não estava na posição. Enquanto examinava o relógio de parede, o homem sacudiu a cabeça e o olho voltou ao lugar.

— Cadê? — ele me perguntou.

— Cadê o quê?

Ele me lançou um olhar assassino, tão vidrado que mal dava para saber qual era o olho de verdade e qual o de mentira.

— Falta uma peça — ele disse com raiva, sacudindo o relógio com tanta força que o olho de vidro sacudia junto.

Aquilo não me fez rir nem me deu medo. Eu só procurava entender.

Ele subiu a escadinha em caracol levando o relógio e murmurando irritado. No segundo piso devia ser a oficina. Eu não tinha percebido que havia uma escada e que havia outra pessoa, decerto o famoso relojoeiro. Eles se falavam noutra língua. Não era inglês, eu entenderia alguma coisa. Nem alemão, pelo menos eu reconheceria. Acho que era uma daquelas línguas do Leste europeu, aquelas coisas bruxas que só falam por lá. E, por mais estranha que fosse, compreendi que eles discutiam, que se xingavam.

O que demorei para compreender foi isto: o homem do olho de vidro desceu as escadas apontando para mim e gritando como um louco, e o que ele me apontava não era o dedo, acho que não era, não tive coragem de olhar, mas de canto de olho parecia um revólver. Aí, se o meu entendimento estava devagar, o instinto agiu bem rápido: saí correndo galeria afora, rua afora, me batendo nas pessoas, a visão embaralhada pelo sol, sem pedir ajuda a ninguém, sem gritar por socorro, saí correndo e pensando no que o patrão tinha me metido, no que *eu* tinha me metido, corria e pensava em voltar no tempo, como se pudesse me negar a levar o relógio, como se pudesse esconder melhor o rato que minha mãe liquidou a vassouradas, impedir o olhar sem-vergonha daquele taxista para ela, dizer à Maria Rita que sim, que eu sentia falta do meu pai, do meu pai com seus papos do além, do meu pai sentado na sala sem me ver passar, eu corria e pensava onde mudar as coisas e me lembrava que nem tudo dependia de mim, porque a irmã do Ramón eu fui buscar não por vontade mas porque a sorte me escolheu no palitinho, a irmã do Ramón... "Meu Deus, a indiazinha", pensei, "a indiazinha ficou lá atrás", e foi a última coisa que eu pensei.

Segundo bloco:
Caçado pelas ruas de Porto Alegre

Aos doze anos, o Roberto descobriu que gostava de homem. Antes ele já sabia de outras coisas. Sabia que as brincadeiras de menina eram mais divertidas. Que ele se sentia mais à vontade entre as gurias e desconfortável com os guris. Um desconforto estranho, excitante. Sentia que desde sempre sua imagem de futuro foram as roupas da mãe e não as do pai. E sabia, por intuição, que nada disso era de se contar em casa. Sabia que se falasse levaria uma surra, embora ninguém lhe tivesse dito. Mas era certo que lá onde cresceu, numa estância no interior de São Borja, ele filho do patrão, contar a verdade daria em merda.

Começou a desconfiar de seu gosto quando viu que nos banhos de açude, lazer coletivo da gurizada, ele preferia sentar na margem a nadar com os outros. Preferia ficar assim, só olhando e curtindo a alegria. Era uma algazarra, os guris todos pelados na água, brincando de caldinho para medir forças, jogando carreira a nado com as bundinhas para cima (quando aparecia a nádega esquerda, mergulhava a direita, depois o contrário). Mas o Roberto só teve certeza mesmo no dia da primeira barranqueada. Há tempo os guris insistiam para que ele fosse junto comer uma ovelha mansa que eles domesticaram, atrás de um capão de mato fechado. Ele inventava desculpas para não ir até que não sobrou nenhuma e cedeu. Então vendo o primeiro piá se atracar com o bicho, ele teve um tesão, uma vontade incontrolável... de ser a ovelha. Claro que a gurizada gostou da ideia. "Guri novo, tendo onde meter, não pensa duas vezes." E se esbaldaram. Era todo dia, no açude, no capão, até dentro de casa, quando os pais não estavam. Bastava se verem sozinhos, guri novo tem vontade sempre, não se cansa.

E assim na fazenda corria tudo normal. O Roberto continuava sendo o Roberto, o filho do estancieiro, amigo dos filhos da peonada. A coisa ficou diferente quando eles saíram da escola rural e foram estudar na cidade. Os guris começaram a isolá-lo, sentiam vergonha dele. O Roberto não tinha nenhum trejeito ou nada que o denunciasse. Os guris, na verdade, sentiam vergonha deles mesmos, do que faziam com suas pirocas. Passaram a hostilizá-lo, como se ele fosse o único e grande culpado por seus instintos sujos e feios.

O resto foi uma sequência lógica: os professores descobriram e contaram aos pais. O pai, num acesso, quis matá-lo. A mãe, benevolente, deu a solução: "Vai estudar na capital". O pai emendou: "E não volta nunca mais". Tudo lógico, redondinho.

Só não fazia sentido eu ouvir essa história deitado na cama do Roberto.

— Você caiu na escada — ele disse, passava um pano úmido na minha testa.

Eu não tinha nenhum ferimento na testa, nem febre, mas ele passava aquele pano gelado como quem sabe o que está fazendo.

— Sorte tua me encontrar.

O Roberto era um cara de meia-idade, cinquentão, ou melhor, uma bicha cinquentona: rosto redondo, barba rala e cabelo pintado de ouro. Falava manso e passava o pano úmido em mim e aquilo foi me dando um sono, uma vontade de voltar para o sonho... Não, não era sonho, o veado me contou mesmo sua história enquanto eu dormia...

— Mas você não estava dormindo — ele me corrigiu, ofendido. — Você me perguntou o que estava fazendo na minha cama, não lembra?

Eu não lembrava, isto é, me lembrava de ter pensado, não de ter falado. Eu tinha que me cuidar, estava pensando alto, ou a bicha era vidente.

Ele pôs a mão na minha perna:

— Não se preocupe, agora eu vou cuidar de você.

Aí acordei de vez e, num reflexo, tirei a perna dizendo "Eu sou macho". Mal acabei de falar e veio o bofete, o tapa estalado e ardido na minha cara.

— Me respeite, seu merdinha, eu tenho idade pra ser teu pai.

Meu rosto ardia pelo tapa, e de vergonha.

— Você se acha irresistível, não é?, então me diz uma coisa: alguma mulher te dá bola? — ele se levantou. — Por que *eu*, eu que tenho bom gosto, eu, acostumado com o bom e o melhor, por que logo eu ia me interessar por ti?... Piá de merda.

Achei que ele fosse me bater de novo e me encolhi na cama. Que situação ridícula, eu estava com medo. O Roberto podia me matar a bofetadas? Me encolhi e fechei os olhos.

Ele começou a rir. Ria alto, muito alto, dava gaitadas de se balançar. Eu fui relaxando, aos poucos comecei a rir também, com timidez, como pedindo licença.

— Você estava fugindo do quê? — ele perguntou, sempre rindo.

— Do careca do olho de vidro.

Ele deu uma gargalhada e repetiu "o careca do olho de vidro", e outra gargalhada, batia com a mão espalmada no colchão. Eu vi o quanto aquilo tudo era mesmo ridículo, me sentei na cama, rindo, e já estava também gargalhando quando ouvimos baterem forte na porta. Imediatamente paramos de rir.

Meu pai lia na varanda as tardes inteiras. Lia Graciliano Ramos, Erico Verissimo e o *Dom Quixote*, este me parece que ele relia sempre. Mas não comentava nada comigo. A casa do Itararé cheirava a terra molhada quando chovia. Devia ser bom ficar lendo com aquele cheirinho.

Depois da chuva eu brincava no pátio atrás da varanda. Brincava de guerra e no fim contava os soldados para saber quantos tinha perdido no barro, minhas baixas. O sargento fazia o relatório ao capitão:

— Hoje foram três baixas, senhor.

— Escreva para as mães, sargento, e diga a elas que seus filhos foram heróis.

Eu vi aquilo num filme, e fazia muito sentido a batalha acabar com as mães, era assim que acabavam as minhas: a mãe chegava em casa e me mandava tomar banho.

Embaixo do chuveiro tinha um estrado, para não pisarmos no chão no inverno frio. No verão, o estrado ia para fora, e eu brincava de jangada com ele. Uma vez fiquei perdido em alto-mar por muitos dias. Quase morri de fome e de sede. Não dava para beber a água salgada do mar, senão eu morria (também tinha visto num filme). Outra coisa que eu aprendi na TV era que depois de dias sem comer e sem tomar água o cara tinha alucinações. Eu via um farol enorme, numa praia que estava sempre na minha frente, mas que eu jamais alcançava. A praia era a varanda, e o farol o meu pai.

Ele ficava lá, sozinho, apesar de mim.

O Roberto olhou assustado na direção da porta e arregalou os olhos para mim. Eu devia estar com uma cara pior que a dele, afinal era o meu que estava na reta. Ele segurou minha mão. Sentei na cama e apertei firme os dedos fofos da bicha, o meu salvador, o meu farol (comparação besta, é o que faz o desespero). Me virei para todos os lados e não vi saída. Era uma quitinete e, pelo jeito, subterrânea: a báscula dava na altura da rua. Entendi por que ele disse que eu tinha caído na escada. Estava correndo, desesperado, tropecei... Não me lembrava da queda nem do socorro, nem era a hora de ficar lembrando, porque bateram outra vez na porta, com mais força.

O Roberto se virou para mim e gritou:

— Bu!

Meu coração quase estourou.

Ele ergueu as mãos como se fossem garras e disse num vozeirão teatral:

— O careca do olho de vidro veio te pegaaar...

Não tinha graça. Vendo a bicha rir de mim, senti que nada na minha vida tinha graça: minha mãe assistindo à novela, estática na poltrona, a luz da sala desligada; a Maria Rita de aliança, mas sozinha, tomando chimarrão no sofá e olhando para o nada; meu pai lendo atrás da casa verde, sozinho, um farol numa ilha distante, solto; o Dudu fumando maconha num banheiro, sentado no vaso e espremendo os olhos; tubos, tubos nas veias e na garganta do Ramón, ele de olho fechado; nosso patrão rezando; nosso colega Zenóbio datilografando na escrivaninha cheia de papéis, camisa branca arremangada, sobrancelhas muito compridas por cima dos olhos, o Zenóbio concentrado, cara de pai de família... Ele me olha, o Zenóbio me olha. Atrás tem uma parede branca, uma parede quase brilhante. Ele me olha e diz que o homem não vive sem religião, porque tudo perde o sentido. O Zenóbio é um fanático. Dá para levar a sério um fanático? Ele chega mais perto e me pergunta, roçando a minha orelha: "Então, cadê a indiazinha?".

O Zenóbio era viúvo, tinha duas filhas e morava numa vila. Como o Dudu descobriu isso, não sei: que o Zenóbio bebia demais até que um dia vinha chegando em casa, dirigindo, e atropelou uma pessoa. A vítima ficou esmagada entre o carro e um poste, o Zenóbio desmaiou. Acordou no hospital e lhe contaram que ele tinha matado a própria mulher, que ela morreu na hora e que a última coisa que disse foi "filho da puta". As filhas, na época de três e cinco anos, brincavam na frente da casa e viram tudo. O juiz disse que o Zenóbio não iria preso, já tivera castigo suficiente, mas lhe tirou a carteira de motorista. Ele parou de beber e virou evangélico. Ia todo dia à igreja, cantava, gritava, chorava. Em casa (e eu nem imagino como o Dudu sabia), o Zenóbio tinha um armário de vidro na sala, era a primeira coisa que se enxergava ao entrar. E numa das prateleiras, a mais alta, uma garrafa de cachaça.

Pois ali na quitinete subterrânea da bicha, eu encurralado, perseguido, zonzo, ouvi o Zenóbio, esse cara que se torturava diariamente olhando uma garrafa de cachaça, ouvi ele me perguntar pela indiazinha, pela irmã do Ramón. Aquilo me fez acordar e por um instante não pensei nas batidas na porta: pensei que, se eu saísse vivo daquela, conseguiria uma foto da indiazinha para colocar na minha mesa de cabeceira, atrás do despertador, de um jeito que todo dia fosse a primeira coisa...

O Roberto abriu a porta e eu pulei da cama e fiquei em pé, as veias latejando na testa. O Roberto fez cara de espanto, colocou a mão fofa no peito, numa afetação típica da bichice (por que eu tinha tanto nojo desse Roberto?, eu que nunca me importei com as bichas). Ele fingiu um início de desmaio, virando os olhos para cima e se inclinando para trás, e abriu os braços, rindo, gritando "quanto tempo, quanto tempo, meu amor" e abraçou o cara que entrava. Não era o empregado do relojoeiro, o careca do olho de vidro. Na hora achei isso bom.

Quando meu pai começou a ler o Osho eu estava aí pelos treze anos. Numa idade em que todo mundo tem vergonha dos pais, eu não tinha do meu. Ou não tive por falta de oportunidade, ninguém ia lá em casa e eu nunca saía com ele na rua. Saía com a mãe, mas ela era do tipo que não dava espaço para psicologias juvenis, ia se impondo, assim como em casa, fora também. O tipo de pessoa que fazia a gente desaparecer ao seu lado. E depois que se aposentou foi pior: ela quase não saía do apartamento (já não estávamos na casa verde fazia tempo), éramos apenas nós dois, então ela não tinha a quem mais se impor...

Ah é, o meu pai e o Osho... Bom, eu mesmo nunca li, sei lá se o meu pai leu direito, mas ele quase não fazia outra coisa. Acabou o Graciliano, acabaram o *Dom Quixote* e o Verissimo, acabaram as tardes na varanda. Ele passava o tempo todo no quarto, lendo ou deitado de olhos fechados sem dormir. Às vezes eu entrava lá e ficava olhando. Eu olhava mesmo, não espiava, não me escondia. Entrava no quarto dele e ficava ao lado da cama, em pé, olhando. Sabia que ele não estava dormindo, dá para saber quando uma pessoa está dormindo ou quando está apenas de olhos fechados. Ele ficava deitado e eu em pé, esperando para ver se ele abriria os olhos, se falaria comigo, se me expulsaria do quarto. Eu ficava em pé até cansar e saía dali.

Já o amigo do Roberto, dirigindo pela Farrapos, me olhava o tempo todo pelo retrovisor. Ele usava uma jaqueta de couro bege, o mesmo couro bege dos bancos do carro. Parecia mais novo que o Roberto, embora grisalho, e não era afeminado. Olhava mais para mim que para a rua, passou dois sinais vermelhos. O Roberto se divertia com essa curiosidade, vi pelo seu riso constante. No apartamento, me apresentou apenas como Serginho, a falta de qualquer outra explicação foi claramente intencional, porque ali já começou o riso. Esse riso que durou até a porta da boate, quando o outro disse:

— A propósito, ontem morreu o Marco Aurélio.

"O ego é um reflexo do que os outros pensam de ti. É uma ilusão, uma mentira que te impede de ver a realidade." Não sei se ele falava comigo ou com minha mãe. Ela ignorava e pedia para ele comer antes que a sopa esfriasse.

— Dois vermutes — pediu o amigo do Roberto.
O garçom se virou para mim. Eu demorei a falar, ele tamborilava no bloquinho.
— Uma Coca-cola, faz favor.
Eu tinha medo de beber, tinha medo daquele cara estranho com jaqueta de couro bege, do que ele pudesse fazer comigo se eu bebesse. Quando eu era adolescente, as mães dos caras sem-

pre diziam para eles não aceitarem nada de estranhos, que nas boates os maconheiros colocavam maconha na bebida para viciar os outros. A minha nunca disse nada parecido. Tinha noção do ridículo. Só me dizia "Te cuida, não volta sozinho, pede pros guris te trazerem pelo menos até a esquina".

— Por que não me avisaram? — perguntou o Roberto.

— A família dele não queria nenhum de nós no velório.

— Mas o Marco Aurélio nem se dava com a família!

— Por isso mesmo, resolveram se reconciliar com ele, foi a chance que tiveram.

Silêncio entre os dois. Eu quase ri do que o amigo do Roberto disse, mas nenhum deles riu, era sério.

O garçom trouxe os vermutes e a Coca-cola. Agora parecia mais bem-humorado. Encheu meu copo com gelo e, antes de servir o refrigerante, me perguntou sorrindo:

— Laranja ou limão?

A bicha de jaqueta de couro estava certa: sempre há tempo para se reconciliar. Sempre.

O Roberto não tomou nem um gole. Ficou olhando a pista de dança. O amigo dele ficou olhando para mim. Eu fiquei olhando para o copo de Coca-cola.

"As coisas não são o que são. O desejo nos perturba. O desejo é a mente. A mente nos impede de ser. No dia em que tu não esperares nada, tudo acontecerá." A sopa do meu pai certamente estava fria. A minha também.

Nessa época a mãe não reclamava mais do Osho. Ela fingia não ouvir. Só respondia ao meu pai quando o assunto era outro. Nessa época, o assunto dele raramente era outro.

"Come a sopa", "toma banho", "penteia o cabelo", "vem dormir". Ela vivia dando ordens. Meu pai obedecia, a não ser quando estava empolgado com a própria conversa, isto é, com o monólogo. Mas quase sempre obedecia sem discutir. Eram monólogos de lado a lado.

Eu no meio. Não entendia a obsessão dele e não entendia por que ela não reclamava mais. Entendia menos ainda aquela história de o ego ser ilusão. Significava que tudo o que eu conhecia como eu mesmo não era eu mesmo?

O Roberto saiu da mesa dizendo que ia ao banheiro. Tive medo de ficar sozinho com o outro. Ele continuava me olhando. E depois do sermão do Roberto sobre eu ser desinteressante, não entendia por que o cara me olhava tanto, olhava desde que vínhamos para a boate, pelo retrovisor, e seguiu ali, mesmo enquanto falava da morte do amigo. Cheguei a pensar que ele tinha algo a ver com o relojoeiro, com o homem do olho de vidro. Seria muito azar. Aliás, era muito azar tudo o que estava me acontecendo. Mas fazia sentido que fosse realmente azar, afinal, tiramos no palitinho... Por que essa coisa do palitinho me incomodava tanto?

— O Marco Aurélio e o Roberto viveram juntos por quase dez anos — ele me disse, apontando para o banheiro.

Eu precisava falar alguma coisa.

— Dez anos?, puxa, quanto tempo.

— Que idade tu tem, guri?

— Mais de vinte — eu falei, na hora sem entender por que não contava a idade exata. Mais de vinte... O que interessava era parecer homem.

Ele se irritou comigo, virou o rosto de lado, numa afetação que não combinava com a sua cara de mau:

— Então tu não entende o que são dez anos, tu nem entende o que é uma relação.

Parecia o Roberto falando "Alguma mulher te dá bola?".
Como essas bichas se orgulhavam de "conhecer a alma humana".
Grande bosta.

— Também vou ali — apontei para o banheiro.

Ele me olhou atravessado, empinando o vermute.

Na pista, foi uma esfregação. Me queimaram com ponta de cigarro três vezes, me passaram a mão na bunda, eu mesmo fiquei com vontade de passar a mão na bunda de uma gostosa, mas ela se virou e tinha cara de homem. O grandão que estava dançando com ela parecia um estivador, musculoso, bigodudo, de regata e touca na cabeça, me olhou de cima como quem avalia uma formiga, se pisa ou não pisa.

Alívio depois da pista, pelo menos até chegar ao corredor do banheiro. Me senti entrando num outro universo: úmido, sombrio e fedorento, fiação elétrica por fora da parede, canos expostos, piso em retalhos. "Onde foram me meter", eu pensei. Onde *eu* fui me meter, deveria ter pensado.

Na frente do banheiro, só de olhar a porta deu vontade de fazer o sinal da cruz.

Minutos depois, eu estava correndo pela Farrapos. Correndo como nunca imaginei que conseguisse. Minha garganta ardendo, meu peito ardendo, e nas pernas a sensação de que iam arrebentar. Eu corria. Fugia.

"O ego é uma ilusão", meu pai leu no Osho. Meu pai repetiu isso para mim, repetiu, repetiu. Acho que pela primeira vez eu ouvia aquela palavra, ego, e já sabia que era uma ilusão. Como é estranho ser apresentado a uma coisa e já ouvir que ela não existe.

Mas se o que eu conhecia como eu mesmo era uma ilusão, quem estava correndo na Farrapos, naquela madrugada, fugindo sem olhar para trás, sem saber se vinha alguém atrás? "Quem está correndo?", eu pensei na hora. "Quem está com dor nas pernas, se não sou eu?"

"O ego é o que os outros pensam de ti."

Então para quem eu ia reclamar? Quem me empurrou banheiro adentro para encontrar o Roberto? Malditos. Eu corria, corria e ouvia o meu pai repetindo o Osho. Corria e ouvia o Roberto, com a voz fraca, reclamar que estava muito fraco. O Roberto caído no chão imundo daquele banheiro imundo. "Fraco demais", ele disse, fraco demais para cortar o outro pulso.

— Corta pra mim, pelo amor de Deus.

O Osho tinha que estar certo, daí aquele que ouviu o pedido não seria eu. Mas se ele estivesse certo, eu não precisava sair correndo, não precisava fugir.

"Esse louco ainda vai te deixar louco", a minha mãe gritava.

Eu pedi para a Maria Rita esconder os livros.

Eu só queria proteger o meu pai.

Eu cortei o outro pulso do Roberto.

Ele fez uma cara de dor, disse "Obrigado" e sorriu como se estivesse na fazenda de São Borja, na beira do açude, vendo a gurizada se dando caldinho, uma algazarra, os guris nadando pelados e ele sentado na beira, sorrindo, feliz.

E corri, não sei como, que força me deu, corri até o Centro, sem ver se vinham atrás de mim, corri até não aguentar, parei e vi o bueiro, calculei rapidamente se eu cabia ali e, sem olhar para trás, tirei a tampa e entrei.

Mas se o Osho estava certo... Se meu pai estava certo, não era eu entrando naquele bueiro.

Terceiro bloco:
Conversando com a minhoca

Acordei com a claridade. Aos poucos, comecei a ouvir o som dos carros, as freadas, as buzinas. Depois o burburinho de gente, solas de sapatos, principalmente o toque-toque dos saltos. Minhas costas doíam, minhas pernas estavam adormecidas, era muito frio no bueiro. Pensei que já estava seguro, que podia sair. Tentei, mas não consegui me mexer. Tentei pedir ajuda, mas estava dobrado demais para ter fôlego, ninguém me ouvia. Ao menos estava seguro, pensei, e aquela segurança me deu sono, e o burburinho das pessoas e do trânsito foi se transformando num ronronar tranquilo, macio e quente. Macio e quente. Macio... Acordei com um tremor. Minha caverna tremia. Era como se uma boiada viesse correndo na minha direção. Eu nunca vi uma boiada de perto, só na TV, e talvez por isso mesmo a coisa fosse mais assustadora. Imaginei uma centena de zebus vindo para cima de mim, pesados e enlouquecidos.

Conforme o tremor aumentava, o barulho confuso ia se definindo. Eram vozes, muitas vozes, de jovens. Estavam passando por cima do bueiro, um terremoto, minha cabeça ia rachar.

Aí veio uma esperança: se alguém me visse, me salvaria. Depois um medo: e se ainda me perseguiam? E outro: se a tampa de ferro não aguentasse e caíssem todos em cima de mim... "Estão me esmagando." Eu gritaria por socorro, se conseguisse, mas não para me tirarem dali, eu queria que parassem, que passassem logo. Como demora um estouro de boiada, ainda mais quando o sujeito está debaixo do pisoteio.

"Fora Collor", eles gritavam, alguns gritavam. "Fora Collor", é claro, acontecia no país todo, as passeatas, os caras-pintadas. Vimos no noticiário, a Maria Rita e eu, e o pessoal comentava no serviço. Eu não dava bola, só queria tomar chimarrão com a Maria Rita, conversar fiado, vê-la sair do banho apenas na toalha. Eu nem sabia o que realmente queria, talvez passar o tempo, passar o tempo sem ter que pensar em nada relevante. "Tu sente falta do teu pai?" Ora se eu sentia, eu sentia, sim, sentia, mas não queria pensar, só queria tomar chimarrão, olhar a TV com sinal ruim, botar conversa fora, passar o tempo, passar o tempo, esperar.

Minha cabeça arrebentava e eu não tinha nada contra o Collor. Ou tinha, mas porque todos tinham. Minha cabeça, a passeata, eles gritando em coro e me pisoteando. "Vão embora, vão embora, vão à puta que pariu, com Collor, sem Collor, manada de bois, saiam de cima de mim."

Obedeceram. A passeata passou. Ficou o tremor, agora cada vez menor. Ficaram três em roda do bueiro.

— Que horas o teu pai vem te pegar? — era a voz de uma menina, guria de catorze, treze anos.

— Não sei, era pra vir por agora — disse um cara de voz fina.

— Mas o trânsito tá interrompido — disse o outro, que falava mais grosso.

— Vai no orelhão e liga pra ele. Diz que tu volta de ônibus. E a gente dá um pulo no shopping.

— Isso, o shopping. Eu quero comprar o último do Guns.

—Olha a Flavinha — e a menina aparentemente se afastou para conversar com a tal Flavinha.

—Ela tá dando mole — disse o da voz grossa.

—Pra ti?

—Não, pra ti, imbecil.

—Eu não sei — o da voz fina gaguejou.

—Te liga, burro, ela tá dando mole. E se tu não chegar, a guria desiste.

—A manifestação tá voltando — era a menina voltando. — Eu vou ali no shopping com a Flavinha, vejo vocês amanhã.

—Tu não vai na aula hoje? — perguntou o da voz fina, gaguejando de novo.

—Eu não. Diz pra professora que eu fiquei na passeata, ela vai até gostar, vai me achar engajada.

Voltou o tremor, o burburinho. Pararam por ali onde eu estava. Uma voz começou a berrar num megafone. Senti falta de ar. Era quase só o que eu ainda sentia, porque os braços e as pernas estavam anestesiados. Os guris ainda estavam em cima do bueiro.

—Que vontade de mijar — disse o da voz fina. — Acho que vou pro shopping também.

—Que shopping nada, mija aí mesmo, eu te dou cobertura.

—Aqui?

—Claro, mija no bueiro.

Na casa do Itararé, eu espiava pela fresta na parede do meu quarto e nunca vi nada. Eu tinha oito anos, não sabia o que esperava enxergar. A vizinha nua, era certo. Mas e daí? Ela era adolescente, ainda nem tinha peito. Mesmo que tivesse, a janela do quarto dela era muito mais alta que a fresta do meu. Ia enxergar o quê? Eu espiava, ora, isso devia ser o mais importante, só espiar.

Espiava de noite, para ninguém me descobrir, minha mãe ou meu pai. Meu pai... que esperança. Um dia a mãe entrou no quarto, ligou a luz, me viu grudado na parede e me deu uma tunda de laço. Enquanto batia, ela gritava que era feio espiar. Eu chorava, não tanto pela surra, mas por vergonha de que a vizinha escutasse os gritos.

No dia seguinte, com a desculpa de encomendar uma roupa (a vizinha-mãe era costureira), ela me levou até a casa deles. Era a primeira vez que eu entrava lá. A moça não estava. A mãe dela nos recebeu muito simpática, serviu cafezinho e bolo de laranja. Depois fomos à sala de costura, nos fundos da casa. No caminho, passamos pelo quarto da moça. Elas andavam na frente, conversando, e eu me demorei um pouco mais na porta. Tinha uma cama com colcha cor-de-rosa, colcha de criança; tinha um guarda-roupa com pôster do Balão Mágico; uma escrivaninha cheia de bonecas e, na parede, nos pés da cama, a meio metro do chão, uma fresta, uma boa fresta.

Na volta para casa, minha mãe perguntou se eu tinha visto tudo o que eu queria ver. Ainda constrangido por ela ter descoberto meu segredo, ainda sentindo as dores da surra, eu disse que sim. Ela me fez prometer que nunca voltaria a espiar. Prometi, cabisbaixo. Ela se virou e foi cuidar da casa. Naquela noite eu esperei mais tempo, esperei até achar que minha mãe estava dormindo, e voltei à parede. Mas agora eu não cuidava a janela da vizinha: olhava mais baixo, para a fresta.

Lembrei minha mãe e a promessa que tinha feito a ela. Não devia ter espiado pelo bueiro depois de um guri dizer ao outro para mijar ali mesmo. O jato veio na minha cara. Não adianta, promessa para a mãe a gente sempre quebra, então vê que ela estava certa, aí aprende, só aí se aprende, se fodendo.

Já que estava mijado, me aliviei também. Fedor? Quase não sentia, como não sentia os braços e as pernas. Eu virava pensamento. Que lindo, não é? Preso num bueiro, anestesiado, servindo de latrina e ficando abstrato. Nem fumando maconha eu viajaria tão longe. *Profundo* como a bicha dizendo que eu não sabia o que era uma relação. E por pensar nela, me perguntei: "Será que ainda está atrás de mim?".

"Nunca esteve."

— O quê? Quem disse isso?

"Ele nunca esteve atrás de ti."

— Que história é essa? Quem está falando?

"Tu olhaste se alguém te perseguia?"

— Não, não olhei, não deu tempo, saí correndo.

"Então, como sabes que ele te perseguia?"

Relampejou nos meus olhos a imagem do sangue no chão do banheiro, o sangue dos pulsos do Roberto. Foi num flash, apareceu e desapareceu, com uma força de atordoar...

— Depois do que eu fiz, alguém tinha que vir atrás de mim.

"Teria. Mas alguém veio?"

— Mas que porra, quem está falando?

"Aqui atrás."

Virei os olhos. Era uma minhoca, um verme, um bicho desses, não enxerguei direito. Estava num buraquinho atrás de mim, na altura da minha cabeça.

— O que tu faz aqui? — perguntei.

"O que *tu* estás fazendo aqui?", ela retrucou. "É mais estranho tu aqui do que eu."

Não respondi. Devia estar alucinando, responder para quê? Depois era capaz de ouvir um vozeirão de homem velho e barbudo, minha consciência. Eu precisava sair dali antes que enlouquecesse de vez ou morresse. Mas eu não tinha força, não tinha força nem para me mexer nem para falar. Fiquei bem quieto, esperando ela desaparecer.

"Não adianta, não vou desaparecer", ela disse, rindo de mim. E riso de minhoca, só quem já ouviu sabe, é irritante. É uma das coisas mais irritantes que existem, porque teoricamente não existe, mas o cara ouve e sabe que é um deboche.

Me defendi como pude:

— Se o meu pai estava certo eu nem estou aqui, porque o ego é uma ilusão, o que os outros pensam da gente, eu não estou aqui conversando contigo...

Ela riu de novo, riu até se engasgar. Disse que ia me contar uma história...

Era uma vez um corno.

A mulher dele era muito, muito bonita, e ele desconfiava que era corno. Não entendia por que ela o traía, a vida deles era razoavelmente feliz. Tinham duas filhas lindas, casa própria, simples, mas própria. Se não sobrava dinheiro, também não faltava. Também não faltava sexo, nem disso ela podia reclamar.

Mas ele desconfiava. Começou a telefonar para casa no meio da tarde, e a menina mais velha atendia dizendo que a mãe saíra. Um dia era o mercado, noutro a manicure, noutro tinha ido visitar uma amiga (uma tia, como o anjinho dizia na sua fala inocente). Era difícil uma tarde que a mulher passasse em casa.

Com o tempo ela começou a se demorar nos passeios. Ele chegava em casa, e ela só depois. Ele reclamava que as meninas eram muito novas e não podiam ficar sozinhas. Ela argumentava que não tinha perigo, a mais velha era bem espertinha, sabia se cuidar e cuidar da outra.

Com o tempo a mulher deu para refugá-lo na cama. Um dia era dor de cabeça, noutro cólica, noutro era só por cansaço (nestes, ele ficava mais irritado).

E pior: com o tempo, ela passou a ser mais sorridente, feliz.

O corno deu para beber. Saía do serviço e ia direto a um boteco, onde ficava até de noite, bebendo e se lamuriando com os outros bebuns. De certa forma, além de anestesiar a angústia, isso resolvia uma parte do problema: ele chegava em casa depois da mulher e, de certa forma, ela acabava lhe dando atenção, ainda que para reclamar do porre.

Um dia, no boteco, ele ouviu um bebum reclamando da mulher. Disse que ela havia entrado para uma igreja evangélica e insistia para ele entrar também, que isso o ajudaria a parar de beber. O bebum parou de contar seu problema e caiu na gargalhada. Todos no boteco esperavam ele terminar a história, mas ele não parava de rir. Até que disse, às lágrimas de tanto rir: "Minha mulher nem imagina que o pastor dela tem uma amante, ela nem imagina, o cara lá pregando moral e aqueles fanáticos caindo que nem patinhos e o cara passa a tarde inteira comendo a amante e depois vai dar o culto com cheiro de xoxota na boca, bafo de checa!". Todo mundo gargalhou, menos o corno.

Na sua cabeça embriagada, fechava o último elo de uma corrente sinistra: "Minha mulher é amante do pastor". Claro, a mulher supostamente o traía, e o pastor da mulher do outro passava as tardes com a amante. Tudo fechava, embora ele não soubesse em que bairro era a tal igreja ou quem era o tal pastor.

Tudo fazia sentido, enfim.

Naquele dia, o corno voltou para casa mais cedo, o que não significa menos embriagado. Naquele dia, a embriaguez era dupla: de cachaça e de ódio. Ele passou dois sinais vermelhos e atropelou um cachorro, sem ver. Ia pensando na mulher, pensando neles dois na cama, em como era bom, e a imagem dele era substituída pela do pastor, e parecia que a mulher gostava mais, que a mulher sorria mais, que ela gritava de prazer e ria, agora ria dele, do corno, ria de o quanto ele era corno, de como ela o enganava e humilhava, e ao redor da cama apareciam os bebuns do boteco, e todos riam junto com a mulher, apontavam para ele e riam, e os bebuns passavam a mão no corpo nu da mulher, passavam a mão cada um num lugar, um nas pernas, outro nos seios, outro no meio das pernas, e a mulher se virava e os bebuns passavam a mão na bunda e olhavam para ele, o corno, e riam, olhavam para ele e riam, sem parar de passar a mão no corpo da mulher, que também olhava para ele, olhava para ele e ria e apontava alguma coisa atrás dele, e ele se virou e a coisa atrás dele eram as filhas, as duas meninas, os anjinhos, ali paradas e sérias, sem entender, e ele se virou de novo para a mulher e ela estava de olhos fechados e gozando com a carícia dos bebuns, e ela abriu os olhos e apontou de novo para trás dele, agora se arrebentando de rir, e ele viu que as filhas, as meninas, os anjinhos, elas também estavam rindo, rindo e apontando para ele, o pai corno, rindo, os anjinhos, as duas inocentes, rindo e começando a tirar a roupa...

— Por que tu me conta isso?

"Calma, Serginho."

Não me pergunte como ela sabia o meu nome. Nessas alturas, eu nem me impressionava. Mas por que a história do corno, isso é que não fazia sentido na minha cabeça.

"Me deixa terminar, que está no final..."

O homem chegou em casa e viu a mulher na calçada. Ele não hesitou: jogou o carro contra ela, esmagou-a no poste de luz. Antes de morrer, a mulher ainda teve tempo de dizer "Filho da puta". Ele não ouviu, ficou inconsciente com a batida. Mas as meninas estavam no portão, viram tudo, ouviram tudo...

— O Zenóbio?

A minhoca se calou. Eu não podia acreditar naquilo. Ela estava me enrolando.

— O Zenóbio nunca faria uma coisa dessas, ele é religioso, é um homem de fé...

"Acorda, Serginho, ele só vai à igreja para vigiar o pastor. Um dia ainda mata o homem, é o que pretende."

— Ele até guarda uma garrafa de cachaça na estante...

"Sim, na estante da sala, que é para lembrar todo dia da mulher que destruiu sua vida e nunca deixar de ir à igreja, nunca desistir da vingança."

A minhoca me deu um tempo.

Achei que ela tivesse ido embora.

"Agora me diz", ela seguiu, "quando o Zenóbio contou a falsa história ao Dudu, ele mudou a história verdadeira?"

Eu não entendia aonde ela queria chegar. Fiquei esperando o que viria, sem responder.

"Me diz, Serginho, ele mudou tudo o que aconteceu ou apenas contou uma história?"

— É claro que ele mentiu — eu disse.

"Não me parecia claro pra ti agora há pouco. Te ouvi dizendo que teu pai estava certo, que tu eras uma ilusão. Se fosse assim, a história do Zenóbio não teria te convencido. Pensa: se tu não existisses de verdade, a falsa história do Zenóbio não te enganaria, só haveria a verdadeira história. É preciso *alguém* para acreditar numa mentira. Se tu fosses uma ilusão, eu não teria ninguém para chamar de otário."

Minhoca safada. Além de me ofender, estava me deixando confuso. Minha cabeça dava um milhão voltas e não parava em lugar nenhum.

— Me recuso a continuar falando com uma minhoca.

"Tu sentes os teus braços?"

— Não.

"E as tuas pernas?"

— Tu sabe que não, já que tu sabe tudo, não é?

"Tu não estás embaixo do chão?"

Porra de minhoca, sempre falando atravessado, eu pensei. Ela riu, ouviu meu pensamento, a filha da puta. Outra vidente, igualzinho às bichas. Todo mundo ouvia o que eu pensava.

"Pois bem", ela continuou, "se tu não sentes os braços nem as pernas e estás embaixo da terra conversando com uma minhoca, o que te garante que tu não és também uma minhoca?"

— Ah, nessa tu não me pega, porque eu sei que sou gente!

"Sabes mesmo? Mas até agorinha tu te dizias uma ilusão!" A megera riu de novo: "E não é mais possível ser minhoca do que ser uma ilusão?".

Eu a enchi de palavrões, falei todos os que sabia e, quando olhei para o buraco onde ela estava, ela não estava mais. Não sei quando foi embora, desde quando eu estava lá falando sozinho, esbravejando para ninguém.

Acho que depois eu ainda fiquei muito tempo falando sozinho, esbravejando sozinho, vendo o pulso do Roberto latejar, ele deitado no chão daquele banheiro sujo, o sangue dele pintando a parede forrada de jornais na galeria onde deixei a indiazinha, o Ramón nos esperando numa cama do CTI, o relojoeiro me botando para fugir disso tudo, o relojoeiro que eu nunca vi porque estava lá em cima, no mezanino da loja, mas o ouvi xingando o careca do olho de vidro, era numa língua estranha, falava de mim, e o careca veio atrás de mim, veio com o revólver na mão e eu corri, corri e vi o meu pai deitado de olhos fechados sem me notar, e eu numa jangada no pátio da casa verde, perdido no oceano, morrendo de sede e vendo logo ali o farol, meu

110

pai, o farol indiferente, eu falava sozinho, morria sozinho, de sede, cercado de água, falava com a voz enfraquecida, ninguém me ouvia de dentro do bueiro, minha voz enfraquecendo e sumindo, sumindo que nem eu me ouvia mais, eu falava mas outro eu não me ouvia.

Último bloco:
Reunião de família

A última vez que vi meu pai foi semana passada. Estávamos sentados à mesa, ele, minha mãe e eu, na cozinha da casa verde. Minha mãe era velha como é hoje, ou até mais, e meu pai era jovem, tinha dezessete anos. Ele tomava a sopa de um prato vazio, sem nos olhar. A mãe falava com ele, mas eu não prestei atenção no que ela dizia. Ouvia apenas o raspar da colher no prato vazio de meu pai. Ela o acarinhava nos cabelos, tinha um olhar amoroso como eu nunca vi. Parecia mãe dele e não minha. Meu pai terminou a sopa e levantou-se. Começou a mexer nos armários procurando algo. A mãe não saiu da mesa. Eu lhe perguntei o que o pai procurava. Ela não me disse. Baixou a cabeça entre os braços e chorou. Em seu choro eu também não prestei atenção, só ouvia o barulho do pai remexendo nos armários, das portas abrindo e fechando.

Aquilo me deu um aperto, uma falta de ar doída, uma sensação de urgência. Mas urgência de que eu não sabia. Meu pai remexendo nos armários, abrindo e fechando portas. Quanto mais ele batia as portas, mais paralisado eu ficava, preso à cadeira, a colher de sopa grudada na minha mão. E ainda que eu não tomasse a sopa, ela ia desaparecendo no meu prato, desaparecendo, até sobrar apenas a que estava na colher.

— O que o senhor está procurando aí? — perguntei.

E ele se virou para mim, sem rosto.

Olhei desesperado para a mãe, repetindo a pergunta só com o olhar. Ela agora não chorava e não olhava mais para meu pai, olhava para mim. Ela tinha uma cara tranquila. Eu larguei a colher no prato:

— Por que sempre me senti mal quando pensei no sorteio do palitinho?

Ela sorriu, e eu mesmo respondi. Mas não parecia eu: enquanto respondia, ouvia como se fosse outro falando, como se alguém me dissesse: "Devia ter me oferecido para buscá-la". Era a última chance de alguém da família ver o Ramón respirando, de se despedir dele, talvez ele ouvisse, lá no fundinho do cérebro, talvez ele ouvisse pela última vez alguém dizendo que o amava, e não era certo eu participar disso por sorteio. Eu me sentia mal toda vez que lembrava do palitinho porque na minha alma eu sabia, sempre soube, e me culpava.

— Mas não consegui, não consegui trazer a indiazinha, eu a perdi enquanto fugia do relojoeiro. A culpa é minha ou do relojoeiro, que me forçou a fugir? — eu perguntei, embora quisesse ouvir apenas uma resposta, que a culpa era dele, do relojoeiro.

"O relojoeiro", minha mãe finalmente falou, sempre com a cara tranquila, sem dúvidas, "ele tinha lá seus planos, e tu acabaste por te encaixar neles..."

— O que atrapalhou os meus, o que me deixou perdido — concluí, sentindo uma espécie de dor, mas uma dor que também me aliviava, me dava um lugar na história toda, um lugar que não podia ser de outra pessoa. "Falta uma peça", o atendente do relojoeiro me disse. E agora eu via que faltava mesmo, faltava eu ter me oferecido para ir buscar a indiazinha. Agora eu entendia por que saí correndo, fugindo.

Minha mãe sorriu.

Meu pai sentou-se de novo à mesa. Tinha um rosto colado na face, mal colado, meio torto, as narinas repuxadas, o cabelo desencontrado. A mãe ajeitou o rosto dele no lugar. Daí não era mais o meu pai jovem, de dezessete anos. Era o pai que eu conheci, o que lia Graciliano Ramos na varanda, o que lia o Verissimo e o *Dom Quixote*...

Foi bom ver meu pai outra vez, foi bom nos ver os três juntos outra vez, juntos como nunca estivemos. Sempre há chance de se reconciliar, disse o amigo do Roberto, e aquele foi o nosso momento, ainda que tão tarde. Vou sentir saudades.

* * *

Minha mãe vem sempre me visitar. Pergunta se eu estou comendo bem, se estou escovando os dentes, me abraça, me beija e passa a mão no meu cabelo, mexendo nele para ver o couro cabeludo. Eu nunca pergunto o que ela está fazendo, se está procurando piolhos ou vendo se não me cortei, se ninguém me judiou. Eu não pergunto, só deixo que ela mexa no meu cabelo. Eu gosto. Depois ela me conta as novidades, ela sempre me conta tudo. Foi por ela que eu soube como acabou o meu colega Ramón, que fim deu a indiazinha, o que houve entre a "tipinha" do 403 e o marido (a velha continua implicando com a Maria Rita), e que o Zenóbio foi preso invadindo a casa de um pastor evangélico, olha a coincidência, no mesmo dia em que o Dudu foi preso vendendo maconha na frente do Maneco. É engraçado pensar que na volta eu não vou mais encontrar nenhum deles, não vou conviver com eles. Cada um foi importante para mim por algum motivo, cada um foi uma peça na minha história. Então eu passo uns meses aqui e, quando volto, eles não estão mais lá.

Amanhã a mãe vem me buscar. E agora não vai ser no táxi branco. Ela vem me buscar num táxi colorido, foi o que disse. Meu quarto em casa já está arrumado, ela disse. Arrumado, me esperando. Minha vida está me esperando. E com tudo o que aprendi, vai ser bem diferente, a minha vida. Anota aí no teu bloquinho: vai ser melhor, muito melhor. Não importa que eu tenha levado tantos anos para aprender, o que importa é daqui para a frente. E daqui para a frente minha vida será melhor. Eu sei disso, eu, Paulo Sérgio, e isso ninguém pode saber por mim.

O VISITANTE

O visitante esperava, exatamente como um parasita que, chegando à hora do chá para fazer companhia ao dono da casa e achando-o absorvido em suas reflexões, permanece calado, disposto, no entanto, a tomar parte numa amável palestra, caso o anfitrião a inicie.

Fiodor Dostoiévski
(*Irmãos Karamazov*)

Nunca sem convite

Deixei a casa de Ivan sem me despedir. Ele recebia uma visita inesperada, não seria educado eu ficar ali. Voltarei mais tarde. Sempre volto para ver um amigo. Às vezes, me acusam de ser impertinente. Mas garanto que ninguém é tão atencioso. Eles esquecem ou fingem não saber que eu nunca venho sem convite. Nunca.

Fui de imediato visitar outro amigo. É preciso compreender que o imediato nem sempre tem relação com o tempo. No meu caso, tinha a ver apenas com as intenções.

Marco Bertolini era jornalista, mais ou menos trinta anos, e naquela manhã usava um casaco marrom e uma camisa azul, sem gravata. O que alguns podem considerar mau gosto se justifica: quando criança, era vestido pela mãe, e agora a esposa acorda só depois que ele sai para o serviço. Cabelo ainda molhado, começou o dia comprando o jornal do concorrente. Saiu caminhando com o jornal aberto, não tinha medo de tropeçar num buraco ou atropelar alguém. Autoconfiança não lhe faltava.

Entrou na redação como se ela o esperasse. Não a sala, o espaço físico, mas A *redação*, com A maiúsculo. Uma espécie de destino, algo que fosse dele por direito.

Cumprimentou a todos com indiferença. Era óbvio que nenhum dos outros estava ali pela mesma razão, nenhum deles tinha um destino. Eram coadjuvantes, no máximo.

Sentou-se e, antes de ligar o computador, pegou no bolso do casaco um pequeno papel amassado e dobrado, nessa ordem dos fatos. Pegou-o, mas não o retirou do bolso.

Olhou ao redor. O fotógrafo mais velho ensinava ao mais novo uns truques com a lente da câmera; o rapazinho concentrava-se na meia dúzia de anéis que o professor tinha em cada mão; o colunista social capturava imagens na internet, fotos de um beijo, e beijo rende muito na sua área, quem beijou quem, se devia ter beijado, se não devia, ele se julga o verdadeiro cronista do amor contemporâneo; na sala do café, duas estagiárias da faculdade de comunicação discutiam sobre o que fazer no próximo sábado, com quem sairiam e quantas vezes já saíram com este ou aquele; por fim, e principalmente, Marcos viu o Dalnei Ferreira conversando com o editor-chefe na sala de vidro. O Dalnei Ferreira era o mais antigo e mais bem pago jornalista da empresa. Era quem trazia os furos, quem recebia os louros, todo mundo na cidade o conhecia. Era o único a entrar na sala de vidro sem pedir licença: cruzava as pernas e recostava-se na cadeira, os braços atrás da cabeça, mais à vontade que o próprio chefe.

Sobre o que falavam? O Dalnei Ferreira naquela sua pose relaxada e o chefe andando pela sala, ora cerrando os punhos, ora passando as mãos no cabelo.

Sem perceber, Marcos amassou de novo o papel no bolso do paletó. Não tirava os olhos da sala de vidro. O chefe sentou,

Dalnei Ferreira colocara um maço de folhas sobre a mesa. O chefe olhou a primeira página, levantou-se e fechou a cortina que os separava da sala de redação.

— Me empresta cinquentinha?

Era o colega dos esportes, um fracassado. Pagava pensão para duas ex-mulheres e estava se separando da terceira. Só permanecia no jornal pela antiga amizade com o chefe. Marcos demorou uns instantes na transição entre a sala de vidro e o colega. Sempre com a mão no bolso, amassando o papel.

— Não posso. Também estou duro — ele não mentiu.

O pedinte foi importunar o colunista social. Marcos tirou o papel do bolso. Pegou o telefone.

— Oi. É o Marcos Bertolini. Do *Expresso da Manhã*. A gente pode... Onde? Mas fica a dez quilômetros da cidade! Tudo bem. Nove horas. Fechado.

Então, nove da noite. Fosse onde fosse, estaríamos lá.

— Vou trabalhar de noite. Não sei a que horas volto. É uma bomba. Uma daquelas, entende? Daquelas!

Ele não disse, mas pensou: uma daquelas que só o Dalnei Ferreira consegue.

Luana ouvia serenamente.

Empolgado consigo, Marcos falava sem parar, já se repetindo, e não atentava no silêncio da mulher. Conheciam-se bem, ela só tinha aquela cara tranquila quando estava muito nervosa. Se agora ele enxergasse mais a esposa e menos o Dalnei Ferreira, saberia que algo a perturbava.

Estavam casados havia três anos. Para Marcos, Luana era um anjo: bela e sem maldade. Ele chegava a pensar que ela se parecia fisicamente com um anjo: o lábio superior mais carnudo que o inferior, o cabelo curto e encaracolado, aqueles olhos redondos, negros e levemente erguidos para fora. Ela era o lado meigo de sua vida. Ela o acompanharia em seu destino brilhante, estaria sempre com ele. Só tiveram um momento ruim, foi logo que se casaram: Luana engravidara.

126

Não estava nos planos, era cedo demais para os dois. A jovem, depois de um tempo triste, aceitou e começou a passar a mão na barriga. Marcos não, Marcos deu para evitá-la. Não conversavam sobre a gravidez, sobre quase nada. Ele chegava em casa e ia direto ao copo de uísque. Tornou-se agressivo. Porém não propôs o aborto, embora fosse um liberal, um homem moderno, do que ele vivia se vangloriando. O clima era terrível e a separação, iminente.

Proposto ou não, o aborto veio. Espontâneo, como se diz, natural. A vontade de Deus, disse a mãe de Luana, alcoólatra, com a língua pesada. A vontade de Deus, ela falava arrastando as sílabas, um arrastar doloroso. Chorava como se a própria filha tivesse morrido.

Agora Luana se calava. Ouvia o marido sem realmente ouvir. Ouvia Marcos falando de sua grande oportunidade, a tal matéria bombástica...

— Isso vai mexer com muita gente. Gente graúda. Vai ser um estouro. Um estouro! Vai mexer com a vida de muita gente...

Ela se portava como o anjo que era. Às vezes respondia:

— Sei.

Estava grávida outra vez.

O encontro era numa chácara na serra. Marcos subiu pela estrada cheia de curvas como se elas não existissem. Diminuiu a velocidade apenas em frente ao posto da polícia rodoviária. Subiu sem ouvir música. Ia pensando nas duas conversas que tivera com o informante pelo telefone. Lembrava a pergunta que, ainda no primeiro telefonema, saiu-lhe da boca sem querer:

— Por que eu?

Mesmo considerando-se um predestinado, a interrogação não era de estranhar, pois o famoso do jornal era o Dalnei Ferreira, que todos na cidade conheciam pelo nome, e muitos o temiam, ele era sagaz, uma raposa jornalística.

Na hora Marcos até não pensou nisso. Estava excitado demais com a denúncia. Mas antes de se despedir, foi o que lhe saiu: "Por que logo eu?". E ficou tão surpreso com a própria pergunta, que não prestou atenção na resposta: um riso, somente um riso.

O portão da chácara estava aberto. No meio da trilha que levava até a casa, um capim alto arrastava com estrondo embaixo do carro. Marcos despertou de seus devaneios. Mal lembrava como saíra da rodovia e entrara naquela estrada de terra.

Não havia nenhuma luz acesa no chalé. Marcos desceu do carro e sentiu calor. Apesar da névoa que de repente se tornara intensa, e de estar na serra, no fim do outono, sentiu calor.

Antes que ele batesse na porta, apareceu uma loira de vestido preto e batom vermelho. Sorrindo, ela o convidou a entrar. Dentro da casa estava ainda mais quente, embora não houvesse lareira, aquecedor, nada desse tipo. Marcos pensou se não estaria com febre.

— Chegou bem na hora — disse a loira. E percebendo a surpresa dele: — Não esperava uma mulher, não é?

Ele não esperava. Nos dois telefonemas, conversara com um homem. Ou já não tinha certeza, porque a voz da loira não lhe soava estranha.

Ela lhe indicou uma cadeira. Era só o que havia na sala: duas cadeiras de praia, nenhum outro móvel. Do teto, pendia uma lâmpada de quarenta watts, sem lustre. A luz era muito fraca, o ar se tornava espesso e a cor das paredes, indefinida.

Marcos apalpou os bolsos do paletó: não levara seu bloco de anotações, uma caneta, nada. A loira riu. O Dalnei Ferreira devia dormir com um bloco e uma caneta no criado-mudo.

— Relaxe, sente aí — ela falou, ainda sorrindo. — Duvido que você esqueça o que vamos conversar.

Marcos tirou o paletó, arregaçou as mangas e abriu o primeiro botão da camisa.

— Eu não vou pagar pela informação, não posso.

— Se pudesse, pagaria?

— Não é a política do jornal.

— O jornal nem sabe que você está aqui!

— Quando nos falamos no telefone...

— Eu nunca falei em dinheiro — a loira cortou. — O que me interessa é que você publique.

Marcos ouviu com mais ênfase o *você* do que o *publique*. Isso o incomodou, não o deixou ouvir a conversa da loira.

— Concorda? — ela acabou perguntando.

Aquela mulher tinha um quê de familiar. Marcos não entendia se no rosto, na voz ou no jeito de encará-lo, inclinando a cabeça como quem olha por cima dos óculos. Ele não a conhecia realmente, mas reconhecia algo nela. Algo muito íntimo.

— Concorda comigo, rapaz? Aceita ou não aceita?

— Está calor aqui, hein?

Marcos não sabia do que ela falara nos últimos minutos. A loira de vestido preto e batom vermelho o chamava de rapaz num tom paternal. Falava como um pai que passa uma lição e depois cobra uma atitude do filho. Não dava para responder qualquer coisa. O calor aumentava. A luz fraca de quarenta watts nublava a imagem da mulher, as manchas na parede pareciam se mexer. As tábuas do chão estalavam.

Marcos abriu o segundo botão da camisa.

Ele voltava serra abaixo, de novo sem música, sem diminuir a velocidade nas curvas. Na verdade, não via as curvas. Tentava lembrar o que respondera à loira antes de ouvir a história, a matéria que mudaria sua vida. Não lembrava se dissera sim ou não à pergunta que não ouvira. Só lembrava do olhar oblíquo da mulher e de como sentiu frio ao sair do chalé para vir embora.

Entrou numa zona de neblina. Não uma nuvem cerrada, mas uma névoa que ia sempre alguns metros à frente, chegava aos faróis do carro em véus esparsos, transparentes, dançantes. Marcos não teve medo do nevoeiro. Ao contrário, seguia-o com a impressão de que por trás do véu estava a resposta à sua pergunta, "Por que eu?". Seguia-o numa sonolência gostosa, pacificadora. As pessoas em geral sentem-se em paz quando entorpecidas e, no reverso, a lucidez agride.

Foi o que aconteceu: a lucidez veio ferindo-lhe os olhos, uma forte luz na contramão rompia o nevoeiro, uma freada aguda, penetrante, o desvio brusco dos dois automóveis. Marcos parou no acostamento, ileso, o coração batendo no corpo todo. Ouviu a batida na barra de proteção da estrada, o ferro se rasgando, gritos, ouviu galhos de árvores se quebrando.

Saiu do carro com as pernas bambas. Atravessou a estrada correndo e sem olhar para os lados.

O outro carro desaparecera no precipício, na mistura de mata e nuvem. No barranco, um homem de roupa rasgada e um corte sangrento na testa pendurava-se num arbusto. Abaixo dele, uma menina que não passava dos quatro anos de idade, loirinha, bonitinha, também com a roupa rasgada e grandes esfolões nos bracinhos e no rosto. O homem a segurava pelos cabelos e a menina chorava, aparentemente mais de medo que de dor. Marcos se jogou, tentou segurar o homem pelo braço. Mas era tarde, o arbusto não suportou o peso dele e da menina. Marcos se levantou assustado. Esperava não vê-los mais, estariam perdidos no fundo do precipício. No entanto, estavam logo ali, à vista e...

— Puta que pariu!

Marcos vomitou, não tinha muita coisa no estômago. Sentiu-se gelado. Sentiu-se morto. Veio outro impulso de vomitar, mas não saiu. Levantou-se e ficou imóvel, sentindo-se gelado e morto.

Chegou um carro. O motorista correu para prestar socorro, mas também parou, imóvel, bestificado com o que via. Chegou outro, mais diligente: perguntou se já haviam chamado uma ambulância, a polícia rodoviária, se chamaram alguém, pelo amor de Deus. Sacou ele mesmo o celular e pediu ajuda. Depois estacou ao lado dos outros, com náuseas. Os três não paravam de olhar, por mais que desejassem sair correndo.

A história que Marcos ouviu no chalé é irrelevante para nós. O protagonista, candidato à reeleição na prefeitura. Envolvia dinheiro ilegal na campanha, jogo do bicho, fraude em licitações, contas clandestinas no exterior, um adultério para temperar. O denunciante não era a loira, ela apenas o representava. O que faz esse caso valer a pena é que ele era do partido, uma vítima de traição. Prometeram-lhe cargos e regalias no atual mandato e o deixaram quase sem nada, num posto menor, bem menor. Isso nos confirma que por trás da luta contra o mal nem sempre está o bem, raramente está. Tudo é uma questão de interesses. Bem e mal são conceitos, meras palavras, como se vê agora e todo dia.

— Por que você me chamou aqui? — Marcos perguntou à loira. Levantou da cadeira e foi até a janela. Olhou para fora. — Quer dizer, por que eu? Por que não chamou outro?

— Eu não te chamei. Você é que me convidou. Eu apenas ofereci a história — ela o encarava, ainda sentada, sempre um vinco de ironia nos lábios.

— Mas eu nem conheço este lugar, porra!

— Convenhamos, rapaz, a escolha do lugar não tem importância. Quem marcou o encontro foi você.

Marcos não entendia aquela mulher. Ela o deixava confuso.

A loira sorriu:

— Eu jamais viria sem convite.

O papel de cada um

De novo eu acompanhava Marcos a caminho do trabalho. Na rua, era o hábito, comprou o jornal do concorrente. Mas não saiu andando com ele aberto, não saiu exibindo sua autoconfiança. Parou, olhando ao redor, o jornal fechado. As pessoas se desviavam dele, pela direita, pela esquerda. Marcos era um estorvo cravado na calçada. Um estorvo, indeciso. Ele abriu o jornal, eu espiei. Vi as manchetes internacionais, a seção de política, negócios, o anúncio de uma clínica para idosos, a matéria sobre um cachorro herói, a notícia de um acidente, pai e filha, na serra. O homem tinha quarenta anos e a menina, quatro. Dizia o local e a hora do enterro.

Passou uma senhora levando pela mão um garotinho com mochila escolar nas costas. O garotinho largou-se da mulher e voltou correndo até Marcos. Tinha uma franja tapando as sobrancelhas e uma porteira onde cabiam três dentes:

— Tio, você acredita em Deus?

Saí, deixei Marcos na calçada com o jornal novamente fechado. Marcos, o poste, o estorvo, jovem, escolhido, e com um olhar morto para o garotinho que já ia longe, mochila nas costas, de mão com a senhora.

Escrevi uma carta a Luana comentando seu estado e fazendo-lhe votos de que desse tudo certo, o casal merecia a felicidade que só um bebê pode trazer, votos de saúde e uma boa hora. Assinei M. A coincidência da inicial com Marcos, se ela percebesse, veria aí de fato apenas uma coincidência. O marido jamais tocaria no assunto por carta, hoje em dia ninguém escreve cartas. E ele não sabia da gravidez. O desespero da moça ao ler aquelas linhas viria de outro lado, por outro fato: *ninguém* sabia dessa gravidez. Escrevi, colei o selo, despachei pelo correio. Naquele dia não fiz mais nada importante.

No enterro havia muito mais do que a família, os amigos, vizinhos, colegas e conhecidos da viúva ou dos mortos. Havia uma turba de curiosos. Todos solidários, mas acima de tudo curiosos.

Moviam-se lentamente, lado a lado, o caixão normal e o pequeno. O primeiro tinha seis alças, o outro apenas quatro.

A viúva seguia logo atrás, entre os dois. Não usava óculos escuros nem véu. Não se apoiava em ninguém. Não tirava os olhos dos caixões.

Era uma mulher bonita, de olhos grandes, grandes cílios e um sutil estrabismo divergente. Jovem, por volta de trinta anos. Enterrava a única filha, disse o jornal. E o marido fora seu amor desde a infância. Isso Marcos não leu nas notícias, mas ouviu ali no cortejo, nos sussurros.

— Diz que morreram cravados nas árvores — comentou uma senhora baixinha e gorda, que, pelo tom, não devia ser parente ou amiga, não devia nem ao menos conhecer os falecidos ou a viúva. Se compartilhasse um mínimo de sua dor não falaria daquele jeito. Era uma curiosa, e, não contente com o espetáculo diante de seus olhos, precisava de uma emoção a mais.

Marcos vinha perto e ouviu naquilo uma acusação. Teve o ímpeto de se defender, de negar que os dois morreram assim, de espancar aquela velha. Sentiu-se outra vez no acostamento, à beira do precipício, outra vez paralisado. Via essa velha cruel apontando para baixo, rindo, batendo palmas. Ela tentava empurrá-lo também para o barranco. A velha era baixinha, mas com uma força desproporcional. Ele perdia o equilíbrio, estava prestes a cair... Foi sentar-se num túmulo, sentia falta de ar.

O cortejo parou não muito adiante. As pessoas se acomodaram ao redor da cova, e as últimas ao redor de Marcos. A sensação de asfixia aumentou. Ele quis sair, mas a velha diabólica estava no seu caminho, estaqueada, espaçosa, pesada, implorando para ser morta a pauladas.

Marcos virou-se para onde todos olhavam. Àquela distância, era de esperar que não visse nada, apenas ouviria o padre elogiando a retidão moral do falecido e a tenra inocência da menina, o padre divagando sobre o destino, a vontade do Altíssimo. Antes fosse, antes Marcos não enxergasse nada mais que ombros vestidos de preto. Entretanto, abria-se entre ele e a cena principal um vão que lhe permitia ver, ao alcance de um toque, a viúva, sem óculos, sem véu, ereta por suas próprias forças.

Outra vez faltou-lhe o ar. Mas então não era a senhora malévola que o impedia de sair. Ele é que não conseguia desviar os olhos, não queria, como se o que vira até ali fosse pouco, como se tivesse a mesma sede da velha, ou uma sede até maior. Deu-se conta de que não era parente, nem amigo, e nem conhecia o homem e a menina enterrados. Também não era apenas mais um curioso, tinha certeza. Quis vomitar.

Vinte e oito dias depois, já era inverno. Eu tomava café numa confeitaria do Centro. Nesses ambientes fechados, as pessoas ficam mais próximas, compartilham o calor de suas xícaras e de suas almas. Fazem confidências. E ninguém precisa fazer segredo de coisas boas. O café é uma bebida mágica, atiça os pensamentos e une as gentes.

A duas mesas de mim estava ele, Marcos Bertolini. Sozinho. Tomara quatro expressos e torcia as mãos, estalava os dedos.

Os vapores da confeitaria o deixaram com calor, tirou o casaco e o cachecol. Pediu ao garçom outro café. Ao virar-se de novo à mesa, ali estava a loira, a mensageira do informante.

— Será que ele vem? — ela perguntou-lhe sorrindo.

Dessa vez não usava batom. Não tinha maquiagem no rosto. O que chamava a atenção era o sorriso, limpo, sincero, nenhuma ironia.

Marcos não respondeu. Não estranhou a presença dela, mas se demorou analisando-a, precisava de um tempo para entender, para se acostumar com as diferenças. Não era a mulher que o recebera no chalé da serra.

— Ele vai mentir — ela disse. — Lembre-se, tudo o que ele falar é o contrário. Não confie, por mais honesto que aparente ser. — Inclinou-se na mesa, falando baixo: — Quanto mais honesto, pior.

Vestia uma blusa branca, muito fina, sem casaco. Marcos teve um calafrio.

— Por que não publica assim como te contei? Não adianta ir atrás, confirmar. Todos estão envolvidos. Ninguém vai falar a verdade.

Ela dizia isso com muita segurança e num tom sincero. Tinha um hálito leve, leve como o olhar. A blusa era de uma alvura impossível. Assim também o colo, sem joias, nenhuma ostentação. Ela se mostrava límpida.

Marcos sentiu frio por vê-la apenas com aquela blusa branca e fina. Vestiu de novo seu casaco, pôs o cachecol.

— A eleição está aí — ela prosseguiu —, você não pode perder mais tempo. Ou revela a verdade, ou haverá quem o faça.

Marcos pensou no Dalnei Ferreira. O Dalnei Ferreira já teria publicado, é claro. Sim, ele já teria publicado... Retornou a pergunta incômoda: "Por que logo eu?".

A loira cortou seus devaneios pegando-lhe no braço e indicando a porta com o olhar.

Marcos perdeu a respiração.

Quem entrava na confeitaria, altiva, de sobretudo e boina, era a viúva, a que enterrara o marido e a filha numa mesma tarde. Sentou-se ao balcão, voltada para a porta. Cuidava todos os que passavam na calçada. Parecia esperar alguém. O banco alto em que sentara não tinha encosto. Mas sentava retilínea, ereta. Marcos teve a mesma impressão do enterro: a mulher era forte, não precisava apoiar-se em ninguém. Seu olhar, no entanto, parecia pedir que alguém chegasse logo.

Marcos virou-se para falar com a loira, ela não estava mais ali. Viu-a entrando no corredor dos banheiros. Eram somente a viúva e ele no café. Os outros eram objetos inertes, partes do lugar, como as mesas, cadeiras e xícaras. A viúva tomando chá, ele com falta de ar.

A mulher tirou a boina, soltou o cabelo. Em seu rosto brilhou um quê de menina, uma juventude triste. Seus olhos, tão fixados na porta, Marcos viu neles um desejo sobrenatural. De que entrassem o marido e a filha, que lhe dessem um abraço apertado e muitos beijos, como se chegassem da viagem. Era isso, então, ela os esperava. Esperava ali, não em casa. Em casa já se rendera à realidade, cansara de esperar.

Marcos não suportou. Foi ao balcão, sentou-se entre a mulher e a porta, entre a mulher e a ilusão de que a realidade poderia ser outra. Não teve coragem de encará-la. O atendente perguntou duas vezes o que ele desejava.

— Um expresso.

Seria o quinto. Sentiu o estômago embrulhar-se apenas por fazer o pedido.

A viúva levantou-se, mas não saiu do lugar. O atendente trouxe o café. Marcos, com náusea, não olhou para a xícara, voltou-se para a mulher. O rosto lembrava o da filha, a menina que ele vira esfolada, chorando, pendurada pelos cabelos, prestes a morrer. Eram parecidas não só nas feições mas na expressão, não obstante a menina chorasse, e a mãe agora sorrisse. Marcos viu a menina sorrindo. Que sorriso teria sua própria filha se Luana não tivesse abortado? Que rosto? Por que estava pensando nela?

Nesses lugares fechados, esfumaçados, as pessoas se aproximam e compartilham suas almas, revelam segredos. E se não há por que fazer segredo de coisas boas, pior ainda é o que se esconde de si próprio. A salvação é surpreender-se com os outros...

Quem estava à porta era um homem grisalho e elegante, alto. Não entrou na confeitaria. A viúva é que foi até ele, beijou-o no rosto, abraçaram-se. Antes de saírem, o homem olhou detidamente para Marcos.

Marcos e Luana andavam se evitando. Às noites, em casa, era cada um numa peça. Falavam-se o mínimo. No escritório, Marcos remexia papéis, pegava o telefone, largava o telefone, não ligava. Luana folheava revistas na sala, sem ler. Folheava o tempo. Ela dormia cedo, pelo menos ia cedo para o quarto. Dormia antes de Marcos deitar. De manhã, acordava sozinha na cama. Ele já estava no escritório, remexendo papéis. Já tomara café e não demorava a sair para a redação, com r minúsculo. Luana o acompanhava pela janela até ele desaparecer. No quarto, em frente ao espelho, desnudava a barriga ainda pequena, quase normal. Não a acariciava, o que nessas alturas já fazia na gravidez anterior.

Foram convidados para jantar na casa de amigos. Convite fora de hora e maçante, no meio da semana. Cada um pensou em não ir, mas não conversaram. Acabaram indo.

Risos, abraços, Marcos e Luana se sentiram sufocados.
Que entrassem, que entrassem. Esperavam também uma amiga.
Comemoravam: a anfitriã estava grávida, souberam naquela
tarde.

Luana fincou os olhos na barriga da outra.

Maria da Graça brilhava, massageando o umbigo:

— Já pensou!

Luana e Marcos disseram "parabéns" ao mesmo tempo.
Involuntariamente.

Que sentassem, que sentassem. Abririam um champanhe.

As visitas ocuparam o sofá de quatro lugares, cada qual
numa extremidade. Assustaram-se quando a rolha bateu no teto.

Luís Fernando encheu as taças, propôs o brinde ao filho, ou
filha, o que viesse.

— Desde que venha com saúde — emendou a mulher.

Está certa. Filhos doentes nunca foram bem-vindos.

Durante o jantar, os anfitriões alternavam-se. Ele contava
sobre os adiamentos de sua tese de doutorado e como já sentia
saudades da bolsa. Ela explicava a troca dos estudos por um cargo
de comissão na prefeitura...

— E se o cara se reeleger, estou feita.

Marcos e Luana, mudos.

— Ahã — era o máximo que diziam.

Depois da sobremesa, tocou o interfone. Chegava a outra
convidada.

— Nossa amiga é um bolaço — Luís Fernando falou. Pegou
uma caixinha marchetada na mesa de centro e convidou Marcos
a passar para a varanda.

— Antes vou ali no banheiro — Marcos disse.

Chaveou-se, lavou o rosto, não secou. Olhou-se no espelho. A
água escorria pela face, dobrava no queixo, descia pelo pescoço.

Ouviu uma alegre recepção à amiga do casal.

Fitou os próprios olhos de longe. Mudou o foco da visão e os olhos clarearam, abriram-se em detalhes, veios, manchas. Aproximou-se, viu a sujeira do espelho, pequenas falhas, pequenas distorções. Por trás da sujeira, sua pupila saltava da íris. Olhou mais de perto e a pupila era um novo espelho.

Quis sair do banheiro.

A maçaneta não girava.

Da sala, risos, palavras soando alto. Ele não conseguia entendê-las. Reconhecia as vozes de Maria da Graça e Luís Fernando. A outra devia ser da amiga.

Forçou a maçaneta, puxou-a, pressionou a porta com o ombro. Impossível.

Agora ouvia somente a voz da amiga. Já não falava tão alto, mesmo assim ele a ouvia. Ainda sem entender as palavras.

A voz da amiga era cada vez mais baixa, e ele ainda a ouvia.

Esqueceu a maçaneta. Concentrava-se: orelha encostada na porta, olhos fechados...

Reconheceu a voz.

Sentiu que a reconhecera desde o início.

Recuou. Só não foi andando de costas até bater na parede porque uma coisa o fez parar. Sim, uma coisa, como se diz quando não se sabe o nome. Uma coisa muito próxima.

Era o seu reflexo no espelho: seu rosto ainda molhado, seus olhos castanhos, os veios e as manchas da íris...

A pupila, outro espelho.

De supetão, Luís Fernando abriu a porta:

— Esqueci de avisar pra não vir no lavabo. A maçaneta está emperrada por dentro.

Ao entrar na sala, Marcos já não se surpreendeu: a amiga era a loira, sua velha conhecida, a pessoa que ele mais encontrava ultimamente. Não se apertaram as mãos, trocaram "ois" à distância. Ela estava sentada no braço do sofá, ao lado de Luana.

Não vestia preto nem branco, usava uma calça jeans bastante justa e uma blusa cavada de cor neutra, ou seja, nem quente nem fria. E a maquiagem, discreta. Apoiava o cotovelo na guarda do sofá, inclinada sobre Luana — cujo olhar, sem disfarce, era o de uma presa.

Na varanda, Luís Fernando tirou da caixinha de madeira a maconha e o papel de seda. Começou a enrolar.

— Ando pensando na vida, sabe, desde hoje à tarde... — lambeu a borda para fechar o cigarro. — Encosta a porta, faz favor, o cheiro pode deixar a Maria da Graça com enjoo.

Deu a primeira tragada, prensou, estendeu o cigarro a Marcos e contou suas decisões. Nunca mais comeria nenhuma aluna. Nenhuma. Agora ia colocar um filho no mundo, tinha que ser responsável. Tinha que reavaliar seu comportamento. Sabia que fazia coisas erradas e, quando teve a notícia da gravidez, sentiu naquele instante que precisava se corrigir. Tinha que pensar no legado moral que deixaria à criança.

— Nem uma daquelas com carinha de virgem. São as mais safadas. Nem essas. Nunca mais.

Marcos olhava para a sala. Cuidava o sorriso da loira. Ela passava a mão em Luana. Maria da Graça havia saído. A loira falava sozinha, Luana se retraía. Com a porta de vidro fechada, Marcos não ouvia a conversa lá de dentro. Tampouco ouvia Luís Fernando falando ao seu lado. Detinha-se na loira, em seus gestos, em como ela ria, falava e ria sem parar, acariciando os cabelos de Luana, pousando a mão em seu ombro...

Luís Fernando falou no Dalnei Ferreira.

— Quê? — perguntou Marcos, que não o ouvira e não entendia por que o amigo mudara de assunto.

— Isso não é pra todos, eu te digo. — Luís Fernando já estava com aquela vermelhidão nos olhos, um brilho úmido. — É a vida, cara.

Para ele, a cabeça cheia de fumaça, era bem simples falar que nem todos podem ser os melhores. Era tranquilo, falava como um sábio:

— O destino da maioria é ser mais um pedaço de merda no esgoto comum. Mas isso não tem importância. O principal é ser um bom homem, é o exemplo que se deixa para os filhos...

Tudo bem, Dalnei Ferreira não era mais o tema, voltou o discurso dos filhos. Marcos virou-se para a sala. A loira passava a mão na barriga de Luana, de repente olhou para ele, a mão ainda no mesmo lugar. Agora ela não ria.

— A nossa amiga ali é a morena mais quente que eu já vi — disse Luís Fernando, vidrado.

Morena?

Subitamente, o vidro entre eles e a sala não permitia ver nada lá dentro e refletia a imagem de Marcos. Ele tentava enxergar a loira, confirmar a cor de seus cabelos. Mas como há pouco, no espelho do lavabo, via com mal-estar seus próprios olhos. Faltou-lhe o sangue na pele, sentiu-se gelado, um frio em todo o corpo, subindo e descendo...

— Ela pinta o cabelo — disse Luís Fernando.

Então ele pôde vê-la, o cabelo com raízes negras, de novo o sorriso enigmático, irritante. Ela caía sobre Luana, acariciando-a. A pobre Luana, retraída, enterrada no sofá...

— Ela vem nos visitar de vez em quando. Mas é muito ocupada. Não pode vir sempre que a gente convida.

Luís Fernando falava cada vez mais lento, rindo cada vez mais entre as frases. Marcos estava irritado. Por que saíram de casa? Precisava tirar Luana daquele sofá. Precisava ir embora.

Dois encontros

Cólicas, Luana teve cólicas na manhã seguinte. Cada vez que lembrava a mão da loira tocando sua barriga, sentia uma contorção, uma dor. Depois de urinar, olhou no fundo do vaso. Não havia sangue. Olhou-se no espelho grande do quarto. Ainda não se percebia nada. Abriu a cômoda: de baixo das meias, tirou minha carta. Eu lhe desejava uma boa hora, boa sorte e felicidade. Sentou na cama, relendo palavra por palavra. Parou de ler, repetia mentalmente o texto, os lábios de anjo num movimento mudo. Olhou o papel mais de perto, espremendo o rosto como se fosse entrar nele. Correu ao escritório, sentou à escrivaninha e, sem pressa, escolheu uma caneta, uma de ponta fina como a que usei. Começou a escrever, logo abaixo do meu texto, um igual, detendo-se a cada frase, olhando de perto e de longe, passando a mão sobre as linhas... comparando a caligrafia.

Tocou o interfone. Sua mãe chegava sem aviso. Beijos automáticos, uma certa desconfiança de Luana pela visita inesperada. Café na cozinha. Luana tomaria chá.

— Açúcar ou adoçante?

— Nenhum. Mas escuta, minha filha, não tem nada de *bom* aí pra colocar no café?

Luana sabia que ela iria pedir.

— Puxa, mãe, são nove da manhã!

— Minha filha...

A mulher pegou-lhe a mão. Não era velha, pareceria mais jovem se não bebesse. Disfarçava o sofrimento constante com uma fala rápida e debochada. Disse que tudo estava sob controle. Que a filha não se preocupasse. Que se acalmasse. E trouxesse logo um uísque para esquentar o café.

Ao primeiro gole, fechou os olhos. O mundo estava salvo, por enquanto.

— Você acordou cedo — disse Luana.

— Ando dormindo muito mal.

A filha não perguntou o porquê. Não queria ouvir.

— Me preocupo contigo... Ai, a gente bota os filhos no mundo e depois nunca desliga. Me dá outro café.

— Comigo vai tudo bem. Não precisa *se preocupar*.

— Uma ova! E não me olha assim. Eu sempre me preocupei de verdade contigo.

— Sei.

A mãe deu um pulo da cadeira, despejou o café na pia e encheu a xícara de uísque. Luana esboçou uma repreensão, mas sacudiu a cabeça, desistente.

— Teu pai me disse que você está sofrendo.

— De novo essa conversa de que é médium? A senhora está é maluca! Por Deus, eu não tenho que ouvir isso...

— Que é que eu vou fazer? Eu também não acreditava nessas coisas antes do teu pai morrer. Achava que era conversa de louco.

Luana sentiu as cólicas, evitou pôr a mão na barriga, mas não conseguiu reprimir uma expressão de dor. A mãe percebeu.

— Teu pai está certo! — ela disse também com dor. Não podia ver a filha sofrendo. Aquilo a exasperava.

Serviu-se mais uma dose.

Luana tinha vontade de se dobrar, mas resistia. Olhava o porta-chaves na parede. Artesanato de mau gosto, ganharam de presente e acabou ficando. Corações pintados: um vermelho, um verde e um azul. Cada um com seu gancho no meio. Ela contava as chaves penduradas. Antes de chegar à última, a dor passou.

— É o teu marido, não é? É ele que te faz sofrer.

Não adiantaria dizer não a quem já estava na terceira dose. E nesse caso não adiantaria dizer não mesmo a alguém lúcido. Não convenceria.

— Olha, comigo e o teu pai era bem assim. A gente só está se entendendo pra valer é agora. Enquanto ele era vivo, meu Deus, que inferno...

— Eu preciso me deitar.

Foram para o quarto. Na cama, Luana fechou os olhos:

— Quando a senhora sair, é só bater a porta.

— Eu não vou embora, não, filhinha. Não vou te deixar assim. Espera aí que eu já volto.

Voltou à cozinha e verteu o resto do uísque na xícara. Tomou tudo num gole só. Nem piscou.

Deitou ao lado da filha e se pôs a falar de Marcos. Que nunca vira grande coisa nele. Que ele tinha cara de egoísta. Que ele isso e aquilo. Falou mal do genro até apagar, o que não demorou muito.

Entrei na redação sem dificuldade. O porteiro era meu conhecido, havia tempos.

Marcos, lá no fundo, escrevia no computador.

No caminho, passei pelas estagiárias de comunicação. Uma delas escorregou os dedos pelo teclado e, por acidente, mandou à outra o e-mail que seria para uma amiga em comum. O texto falava barbaridades sobre a destinatária incidental. Esta lançou à colega uns olhos de "vou te matar". A remetente deu um sorriso apreensivo, mas logo forçou outro maior, como se tudo não passasse de uma brincadeira.

Marcos digitava com bastante lentidão. Lia cada frase, apagava, reescrevia, relia. Olhava o relógio de pulso. Olhava o relógio de parede, o do computador. Só faltava ainda perguntar as horas para alguém.

— Marquinhos. Vem comigo ali atrás.

Era o colunista de esportes, o que vivia sem dinheiro de tanto pagar pensão para ex-mulheres. Chamava Marcos para conversar no almoxarifado.

— Não dá. Tenho que acabar isto aqui.

— Dois minutos.

— Amanhã.

— Mas é do teu interesse. Juro.

Marcos olhou mais uma vez para todos os relógios, olhou para o colega:

— Dois minutos?

— Vai por mim.

O almoxarifado parecia mais com um corredor, cheio de prateleiras. Tinha de tudo: vidros de café instantâneo, cartuchos de tinta e papel higiênico.

O colega dos esportes acendeu um cigarro.

— Fala de uma vez — disse Marcos.

O homem não tinha pressa. Deu uma baforada. A pecinha toda se encheu de fumaça.

— O que você anda aprontando, guri?

— Vai te foder, Jorjão. Tá me seguindo, é?

— Eu não — deu mais uma baforada —, mas parece que alguém está.

Ele tirou do bolso um papel dobrado. Marcos mal o enxergava no meio da fumaça. Tentou pegá-lo. O colega fechou a mão:

— O cara disse que você ia me pagar. Quero cinquentinha... Não, quero cem.

— Canalha.

— Vai dar ou não vai...

Marcos deu-lhe um soco no estômago. Um direto. Afundou o punho. O outro se curvou, não respirava, o cigarro caiu, o rosto foi ficando roxo. Largou o papel.

Marcos pegou-o. Esperou o colega tomar fôlego e ficar em pé. Seu rosto recuperava a cor.

— Tudo bem? — perguntou Marcos.

153

— Tudo bem — disse o outro.

— Desculpa. Foi mal.

— Não, tudo bem. Acho que mereci.

O colega ficou ali escorado na prateleira, olhando para cima, respirando fundo. Marcos saiu.

Saiu da redação. Ao passar pelas estagiárias, ambas recolheram os cotovelos e tiraram as mãos do teclado.

No meio da tarde, só tem vagabundo parado no parque. De manhã as pessoas fazem o *jogging*, de tardinha passeiam, de noite se prostituem. Mas no meio da tarde, no meio mesmo, só vagabundo. Aposentados, desempregados, espertalhões, tanto faz. Parecem até uma sociedade, um clube. E Marcos Bertolini. Esperando.

Se a loira estivesse ali, ia dizer que não adiantava conversar com ninguém, que todos têm sua versão da história, que a história é feita de versões. Eu concordo, mas não ia repetir. Ele já ouvira. Se entendeu ou não, teve chance.

Sentado no banco mais limpo que encontrara, ele esperava. Cuidava os passantes. Não conhecia o homem a não ser pelo telefone. Tinha voz de meia-idade, voz de quem usa óculos e é meio grisalho. Foi o que Marcos enxergou. Ninguém se contenta apenas com uma voz.

Aproximou-se um baixinho de meia-idade. Usava capa de chuva e andava olhando para os lados. Usava óculos, mas não era grisalho; era careca. Passou por Marcos e seguiu em direção aos banheiros públicos. Parou. Olhava para todos os lados. Vinham chegando dois meninos de bicicleta, pré-adolescentes. Deixaram as bicicletas presas num banco e entraram no banheiro. O baixinho de meia-idade e capa de chuva olhou pela última vez ao redor e também entrou.

Se o homem não aparecesse, Marcos publicaria a matéria. Decidiu naquele instante. Já teria checado a informação em todas as fontes possíveis. Isso não significa *todas* as fontes. Ninguém pode consultar *todas* as fontes. Impossível. Até mesmo *saber* quais são todas as fontes é impossível.

— É isso.

E foi assim, sentado num banco de praça, parecendo um vagabundo, cheirando o fedor dos banheiros públicos que o vento lhe trazia, foi assim que Marcos Bertolini entendeu sua humanidade, sua finitude, seu estado inferior. Ao mesmo tempo que percebia sua impotência para descobrir toda a verdade, decidia contá-la ao mundo, *na íntegra*, como dizem.

A revelação estava claramente estampada em seu rosto.

— O Dalnei já estaria com a matéria pronta.

Era a primeira vez que chamava o rival apenas pelo nome. Não era mais o grande Dalnei Ferreira. Ou não era mais nem melhor que Marcos Bertolini. Eram ambos "filhos de Deus". Que diferença haveria entre eles?

Sentia-se aliviado.

Mas chegou o homem do telefonema.

O apartamento era num prédio de classe alta. Na sala enorme, móveis e quadros caros. Uma garrafa de vinho italiano na mesa de centro, a segunda, e já pela metade.

Tudo o que o homem dizia era o contrário do que a loira dissera. Marcos anotava. As personagens eram as mesmas: dois candidatos à eleição — o atual prefeito e o anterior —, bicheiros, empreiteiros, funcionários de altos cargos, a amante. Mas agora mudavam os laços: quem dera dinheiro a quem, quem dormira com quem, quem mudara de lado e quem apenas fingira fazê-lo. Eu já disse antes que essa história era irrelevante, uma peça de teatro escrita havia muito tempo e reencenada sem parar. Já disse que o que nos interessa é a razão da denúncia, a vingança de um companheiro traído. Vingança, e não o bem.

Marcos anotava nomes e os ligava com setas. Às vezes se perdia, riscava as setas e fazia outras. O homem falava com calma, seguro. Tinha olhos verdes. Seu olhar hipnotizava o repórter, um olhar claro, verdadeiro. Como desconfiar de um homem assim? Educado, de uma firmeza aristocrática.

Desde que se encontraram na praça, Marcos tentava lembrar-se de onde o conhecia.

— Por que você não foi ao café?

— Eu fui. Só não quis entrar — o homem respondeu.

Eram cinco e meia da tarde. O sol começava a baixar. Ele insistia para que Marcos bebesse mais vinho.

— Está gostando?

— É ótimo.

— Tire o sapato. Sinta o tapete. É de verdade. Os ecologistas que se divirtam.

— Putz, como é bom. Você vive bem aqui. Como conseguiu tanto dinheiro?

— Não venha me acusar. Eu estou colaborando, lembra? Agora você sabe como foi e como não foi. Tem a sua matéria.

Marcos ainda não secara a taça e mesmo assim a encheu, deselegantemente, quase até a borda.

— Era você na porta do café ontem, com a viúva, não era?

— O nome dela é Amanda.

— Mundo pequeno. É muita coincidência.

Marcos sentiu uma tristeza morna, diferente do mal-estar no café.

O homem sorriu. Levantou-se e fechou as cortinas, ficou bastante escuro. Ele acendeu um abajur:

— A vida é cheia de coincidências. Um mistério.

Marcos guardou o bloco no bolso do casaco. Secou a taça de vinho. Parou um momento olhando o abajur, a testa enrugada.

— Isso tudo que me contaram, você e a loira... Como vou saber quem está falando a verdade?

Não era uma pergunta para o homem. Era para si próprio, não queria ter falado alto. Mas o outro respondeu:

— Escolha.

Entrou no apartamento uma garota, no máximo dezoito, dezenove anos. De saia curta e pernas bronzeadas, em pleno inverno. Não usava meia-calça e não parecia sentir frio. Deu um sorriso muito sugestivo para Marcos. O olhar brilhava na penumbra da sala. E os cílios, postiços? De qualquer forma eram grandes, davam-lhe um ar ainda mais jovial.

— Esta é a Cíntia — o homem falou olhando para Marcos, sem virar-se para a garota, e não se via se ele também estava sorrindo porque a luz era fraca.

— Muito prazer. Marcos — ele não se levantou.

Sabia o que viria a seguir. "Esses caras são todos uns sacanas. Todos iguais. Trouxe uma putinha para tirar um sarro com o reporterzinho intrometido. Sexo com a menina e compromisso com o homem. Perfeito." Marcos antevia isso e não parava de pensar em Luana. Nunca a traíra, nem cogitava. Suas escapadelas eram olhar uma bunda na rua, umas pernas. Gostava de calças jeans apertadas, mais do que de minissaia. Uma vez comprou um binóculo porque descobriu uma vizinha que dormia pelada. A vizinha logo se mudou. Foi melhor, dava muito trabalho: tinha que esperar Luana dormir, pegar o binóculo no esconderijo, era uma tortura. Ainda bem que a vizinha se mudou. Mas agora havia tomado muito vinho, tudo ficava mais fácil. Traição passava a ser um conceito relativo. Ele não iria atrás, ele cairia na emboscada de um cara do mal que o embebedara. Isso lhe tirava a culpa. Quanto mais a menina sorria, mais ele sentia que estava tudo certo. Era um teatrinho que duraria ainda o quê... uns quinze, vinte minutos. A menina se virou para o homem:

— Pai, a Amanda te mandou um beijo. A aula de pintura acabou mais cedo porque ela ia levar flores no cemitério.

— Está bem. Agora vai tomar um banho. Vamos sair pra jantar. Só tenho que acabar uma conversinha aqui — o homem se levantou e deu um beijo na filha. Talvez se desculpasse pela desatenção de há pouco. Ficou olhando-a sair.

"Esses caras são mesmo todos uns sacanas. Por que ele não disse logo que era a filha?"

Marcos foi embora com o bloco cheio de anotações que podiam ser verdade ou mentira. Tudo são interesses, tinha dito a loira no café.

Saiu chateado, poderia ter traído a esposa. E não há diferença entre poder trair e trair de fato. A parte mais difícil, a decisão, está superada. A escolha está feita.

"Escolha", disse o homem grisalho. Ele era amigo da viúva.

"Porcaria de mundo pequeno", pensava Marcos.

Uma palestra interessante

Então era noite e ele não queria voltar para casa com hálito de vinho. Andou por uma zona perigosa do Centro. Não teve medo de ser assaltado, imagens e frases pipocavam na mente, rápidas demais, estava quase tonto.

Entrou num hotel de aspecto medonho. Fachada estreita, sem pintura, cheiro de urina na porta. O nome, na vertical, em néon azul:

Blue Angel.

O balcão, no térreo, tinha grades até o teto e uma pequena abertura quadrada. Apenas suficiente para a troca de chaves por dinheiro. O homem olhou-o com desconfiança:

— Sozinho?

— Não vou passar a noite.

— A primeira hora é adiantada.

— Ok.

Acima da abertura, numa tabuleta suja, um aviso em vermelho: NÃO ASSEITAMOS CHEQUE.

Os degraus da escada eram baixos. Marcos demorou para chegar ao segundo andar. Se pisasse de dois em dois, mas não. Decerto nem percebeu o quanto demorou para chegar ao quarto. A janela era ao lado e na mesma altura do letreiro em néon. *Blue Angel*. Marcos não achou necessário ligar a lâmpada. O azul do letreiro iluminava a peça e era agradável.

O quarto, surpreendentemente limpo, tinha uma cama de casal encostada na parede, um penteador com espelho, uma pia, uma poltrona de couro falso, vermelha. Era pequeno, ou grande, dependendo de quem visse. Tudo sempre depende do ponto de vista, de uma posição, do que se quer.

Marcos sentou na cama. Eu, na poltrona.

Luana tomava suco de melancia na praça de alimentação do shopping. Fizera compras, miudezas de mulher. Estavam numa sacola de papel sobre a mesa, uma sacola de cor berrante.

O lugar estava cheio: *happy hour* para alguns, jantar para outros. Muito barulho.

Ela pegou o celular para ver as horas. Indicava uma ligação não atendida, telefone do Marcos. Olhou por um tempo aquele número e o nome do marido. O dedo se arrastou delicadamente pelo teclado, sem pressioná-lo. Guardou o aparelho na bolsa.

Não percebia que acabara o suco e ela continuava chupando o canudinho. Tinham que conversar. Antes do suco tomara um sorvete de chocolate — melancia com leite, sua avó sempre disse que não fazia bem. Impossível conviver com tantos segredos. Passaram-se três anos da primeira gravidez, muitas coisas haviam mudado. O quanto? Nenhum dos dois sabia. Largou o copo de suco e limpou os lábios com o guardanapo. O batom era claro, quase apagado. O que se conhece de uma pessoa é o que se lembra da última conversa. Precisavam se olhar nos olhos outra vez.

O celular tocou. Luana abriu a bolsa e hesitou em pegá-lo. Era o toque específico de Marcos. Retirou o aparelho e fixou-se no visor. Um segundo, dois segundos, três. A música fora a trilha do primeiro encontro deles, apresentados por amigos numa festa monótona. Quatro segundos, cinco. Marcos se vestia mal, não combinava as cores, a atração foi imediata. Seria hipocrisia falar em amor à primeira vista: desejo é uma palavra melhor. Ele era interessante, formara-se havia pouco em jornalismo e já trabalhava num dos maiores jornais da cidade. Seis segundos, sete... Atendeu.

— Alô? — uma voz de mulher, de adolescente.

Pausa.

— Sim, quem é? — Luana perguntou.

— Meu nome é Cíntia. O Marcos esqueceu o celular aqui em casa. O teu número era o que tinha mais ligações.

— Como?

— É. Ele veio aqui fazer uma entrevista e deixou o celular. E o teu número...

— Eu sou a esposa dele.

— Ah, bom. Então pede pra ele passar aqui depois. Diz pra ele vir amanhã, hoje nós vamos sair.

— O que ele...

A moça disse tchau e desligou.

Antes de se perguntar o que estava acontecendo, Luana viu a loira, a amiga de Luís Fernando e Maria da Graça. Ela percorria as lanchonetes, não parava muito tempo em nenhuma. Logo escolheria o que pedir, logo viria para as mesas. Luana sentiu asco. Lembrava a loira passando a mão em sua barriga, debruçada sobre ela na guarda do sofá, sempre um sorriso... um sorriso de quê?

Teve uma cólica terrível.

A loira comprou um hambúrguer e se virou para olhar as mesas. Luana dobrou-se, encostando o peito nas coxas. Teria feito isso para se esconder, mas foi pela cólica.

A dor não diminuía. Agora o melhor seria erguer-se, respirar fundo. Mas havia a loira. Apesar da dor, Luana se preocupava com a loira. A dor lhe anestesiava o resto do corpo, Luana se resumia a um útero se contorcendo. E quando a dor aparentemente chegou ao limite, ela deu um salto impossível e brusco, aumentando muitas vezes — a dor não tem limites, as pessoas é que têm. As mesas em volta, o shopping, a cidade, o mundo inteiro era um útero se contorcendo. Luana já não pensava na loira, não pensava em Marcos, sequer pensava na dor.

— Você está cansado — eu disse. — Essa gente toda o confunde. Fez bem parando aqui para refletir.

— Só vim pra não chegar em casa com cheiro de álcool. Vou tomar um banho.

— Sabe que não é isso.

Ele não me olhava.

— Sabe por que veio, e não foi para tomar banho.

— Acho que preciso é dormir um pouco.

Continuava não me olhando. Falava para as moscas. Deitou-se de sapatos, as mãos sobre a barriga.

O azul do néon era relaxante. *Blue Angel*. De vez em quando piscava. O barulho do trânsito diminuiu, as pessoas estavam chegando em casa. Estar em casa depois de um dia cheio no trabalho é relaxante. A noite em si é relaxante para muitos.

— Não consegue dormir, não é?

Ele não respondeu.

— Então vamos conversar.

— Não estou disposto.

— Você acha melhor não ir para casa, não consegue dormir e não quer conversar. Mais cedo ou mais tarde vai fazer alguma das três coisas. Não seja embromão.

166

— O que você tem com isso?

Eu fui sincero, como sempre:

— Me preocupo com você.

Ele sentou-se e finalmente me olhou. Mas ainda não era nos olhos. Ainda me atravessava, olhava para as moscas. E não havia moscas no quarto. Deitou de novo:

— É estranho, tanta coincidência. De uns dias pra cá tudo parece ligado. Isso me incomoda. Eu não entendo por quê. Mas incomoda.

— Há muitas outras coincidências que você nem percebe. Elas o deixariam louco. Quem vê todas ou é louco ou é Deus.

— Merda, parece que eu perdi alguma coisa.

— Sinal de que não é louco. Muito bom.

Ele se virou, deitou de lado, o braço embaixo do travesseiro. A outra mão massageava a testa, o cotovelo no ar. Eu estava bem acomodado em minha poltrona.

— Por que aquela viúva me persegue?

— Está perguntando para mim?

— Tem mais alguém aqui?

— Não seja estúpido. Ninguém mais lhe dá essa a... nção.

Mal-agradecido. Hoje não se reconhece mais um amigo. Um amigo para *todas* as horas. As pessoas estão ficando cegas. Não percebem as coisas mais elementares, por exemplo...

— Culpa.

— Mas foi um acidente. Eles vinham na contramão.

— Quem estava na contramão?

— Tá dizendo que era eu?

— Não. De jeito nenhum. Só pergunto se você tem certeza. Você vinha naquele monólogo chato de "por que eu, por que logo eu?". Talvez, digo apenas talvez, não estivesse vendo a estrada.

— Tinha muita neblina.

Luana entrou no pronto-socorro semiconsciente. A maca era empurrada com velocidade. Ela via as luzes do corredor se misturando, elas a incomodavam, agrediam. Tudo se passava tão rápido. Os corredores eram cheios de vozes, perguntavam se ela conseguia ouvi-los, pediam para ficar acordada, só um pouco mais, um pouco mais. Parou numa sala com luzes mais fortes e próximas, e as pessoas agora falavam muito de perto. Eram muitas pessoas ao seu redor e pediam sangue, mais sangue.

— Muita neblina... e a voz da loira batendo na minha cabeça — ele disse num tom vacilante.

Eu lembro. Lembro também que você não conseguiu prestar atenção em tudo o que ela falou, especialmente na última pergunta: se você aceitava os termos do acordo. Chegou até a responder, e nem disso se lembrava enquanto descia pela estrada, distraído com aquela pergunta enfadonha...

— "Por que eu?"

A resposta é evidente. Por isso é tão difícil de aceitar. Você se revira nessa cama porque a tem na ponta da língua. Morda a língua, Marcos. Arranque a própria língua e ainda assim a resposta vai badalar como um sino em sua cabeça, vai deixá-lo surdo.

— Você é sádico e se diz meu amigo.

Esperava tapinhas nas costas, não é? Um amigo de verdade não dá tapinha nas costas. Isso é para quem quer se manter distante do problema. Quem se preocupa verdadeiramente com o outro o acompanha na dor. Eu estou sempre ao seu lado, Marcos, sempre que você precisa. Sofro e me retorço de pena. Se você pudesse imaginar o quanto eu sofro... Isso é para quem ama. E eu amo você, Marcos, você sabe.

Uma faísca no letreiro do hotel, e a luz de néon se apagou. *Blue Angel* fechara suas asas. Agora estávamos no escuro.

A mãe de Luana acordou com dor de cabeça. Dormira o dia todo no travesseiro de Marcos depois de beber quatro xícaras de uísque e falar mal dele. Ligou o abajur, coçou os olhos e aí viu que não estava em casa, que era noite e que a filha não estava mais ali. Não a chamou, o silêncio no apartamento deixava claro que ela havia saído. O silêncio fazia aumentar a dor de cabeça. Abriu a gaveta da cômoda, esgravatou, não encontrou nenhum analgésico. Maldisse o genro. Tinha que se levantar, acharia alguma coisa no banheiro. Antes, deitou-se de novo. O gesso do teto latejava, baixando e voltando, baixando e voltando. Coçou os olhos outra vez e olhou para um canto do quarto. Sentou-se. Abriu mais os olhos e assim estacou, fixada naquele canto. Balançava a cabeça. Os lábios tremiam. Fechou os olhos e atirou-se no travesseiro. Virava-se para um lado e para o outro, dizendo "Nossa filha, nossa filha", dobrava o travesseiro sobre o rosto e repetia sufocada: "Nossa filha não, nossa filha não". Gritava, e o travesseiro estava tão apertado que o grito mal se ouvia.

Eu sabia que era meu destino, mas quando veio não entendi o porquê. Esperava por ele de outras maneiras, não assim, de graça. Acho que havia um plano de alguém por trás daquilo, alguém querendo me sacanear, certamente. Nunca acreditei em destino. O que me esperava era a minha glória, ela estava lá, uma questão de tempo. Não pode haver um plano que não seja de alguém querendo alguma coisa. O resto é uma trilha de dominó, ação e reação. Interesses, como disse a loira, tudo são interesses, basta escolher um lado. O dominó vai ou vem, muda a direção quando bate num mais forte, muda de novo quando chega noutro forte. E os fracos, no meio, vão na onda. Você tem razão, quanta lucidez, parece que estava esperando a luz apagar para ver melhor as coisas. Sim, agora eu vejo tudo, eram dois lados me empurrando, cada um queria acabar com o outro e os dois queriam me usar, usar minha matéria. Agora a peça forte do dominó sou eu. Só tenho que escolher uma direção, o rumo será o que eu quiser. Agora o destino deles está em mim. Vou escrever a matéria, vai ser uma bomba. Muita gente vai se dar mal, muita gente vai cair. Mas qual deles está falando a verdade? Ora veja, ambos contaram a mesma história, duas versões, só que a história é a mesma. Todo mundo sempre conta a sua versão, não há como ser diferente. A história é a mesma para todos, mas ninguém enxerga tudo. Ninguém pode entender tudo, cada um entende do seu jeito e tem a sua versão. Portanto, o que interessa são as versões, logo... Tanto faz. Tanto faz, acertou. Então não preciso me culpar, de nada. Essa viúva que me persegue, não tenho culpa. Ela sofreu uma desgraça, não sei se eu aguentaria passar pelo que ela passou. Ela é forte, sem dúvida. Mas eu até que tentei, segurei o homem pelo braço. Ele era muito pesado, ele mais a menina juntos. A menina era tão bonita, um anjo. Vi como ela chorava, só de lembrar eu fico assim. Você tinha que ver, você viu, era um anjo. Por que esses inocentes têm que morrer? Nunca fizeram mal pra ninguém, não têm culpa de nada. Não estou dizendo que o pai mereceu, não, só não entendo. Eu tentei, eu tentei, atravessei a estrada correndo, podia ser atropelado. Não tenho por que ficar me culpando agora, só fui infeliz de estar lá justo naquela hora. Que merda, por que eu tinha que estar lá? Por que logo eu?... Olha, de novo... a pergunta sempre volta. Por que eu? Por que foi *para mim* que fizeram a denúncia? Por que *eu* tive que ver o acidente naquela noite? Parece que tudo se junta nessa pergunta infame... Não, eu não estava na contramão, tenho certeza. Vinha distraído, sim, vinha com aquela pergunta na cabeça, mas é automático, eu nunca ando na contramão. Foi ele, o morto, ele morreu porque estava na contramão. Tenho certeza. Por que você me faz duvidar? Eu vinha descendo rápido, podia vir mais devagar por causa da neblina, eu sei. Mas não estava na contramão, isso é o que importa. Ou não é? Quem saiu da pista foi ele, só pode ter sido ele... Castigo? Não sei, pra que falar nisso agora? É, dá pra fazer a mesma pergunta para ele: por que *ele* tinha que estar na contramão justo naquela hora? Por que não eu?... A resposta é simples? Não é não, mas entendi, para de falar, já entendi: por que seria *outro*? Isso não é resposta. "Por que seria *outro*?" não responde, é outra pergunta. Não me adianta nada, nada mesmo. Dizer agora que tanto faz não responde. Se não fosse eu, por que seria outro? Não. Chega disso. Chega. Isso não é resposta. E você? Você está se perguntando por que lhe contei a história do Marcos Bertolini, não está? Não? Me desculpe. Não é minha intenção importunar. Logo eu, que nunca venho sem convite.

É simples: *Um dia em comum*, *A grande ventura de Paulo Sérgio contada por ele mesmo três dias antes de morrer* e *O visitante* referem-se a um dos fundamentos da humanidade, a dúvida. A primeira trata de dúvidas existenciais; a segunda, de uma dúvida essencial; e a terceira, da essência da dúvida. Toda a literatura que mereça esse nome trabalha com uma ou outra. O resto é sociologia.

ESTA OBRA FOI COMPOSTA POR OSMANE GARCIA FILHO EM ELECTRA E
IMPRESSA PELA GRÁFICA BARTIRA EM OFSETE SOBRE PAPEL PÓLEN SOFT
DA SUZANO PAPEL E CELULOSE PARA A EDITORA SCHWARCZ
EM ABRIL DE 2010